Toutes éditions de Koh-Lanta confondues, quel est le record à l'épreuve des poteaux : 5 h 16 min, 6 h 5 min ou 7 h 5 min

1ER JANVIER

5 h 16 min
(durant la saison 2, en 2002)

Ouvrez l'œil et trouvez
les 4 différences entre ces totems.

2
JANVIER

SOLUTION

Sur un camp, **une marmite** sert bien sûr à cuire les aliments, mais elle peut aussi permettre de conserver de la nourriture à l'abri des prédateurs, de transporter des choses, de creuser...

3

JANVIER

Quelle somme remporte
le vainqueur de Koh-Lanta ?

4
JANVIER

100 000 €

« La vie est une aventure audacieuse ou elle n'est rien. »

Helen Keller
(auteure américaine,
1880-1968)

5
JANVIER

Tirez ces 2 flèches dans des zones de couleur différente. Aucune des 3 flèches ne doit être voisine d'une autre. Objectif : 32 points !

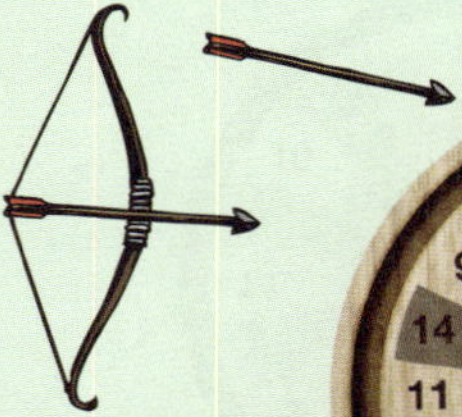

6
JANVIER

SOLUTION

Yoga, sophrologie ou méditation : tout est bon pour vous forger le mental d'acier qui vous permettra de bien réagir en toutes circonstances, même face au danger !

7

JANVIER

Vrai ou faux ? Depuis la première édition, chaque saison se déroule toujours sur l'île de Koh-Lanta en Thaïlande.

8
JANVIER

Faux : plus de 13 pays et des dizaines de lieux paradisiaques ont servi de décor à l'aventure.

Construisez votre abri ! Dans quel ordre faut-il ramasser ces bambous sans faire bouger les autres ?

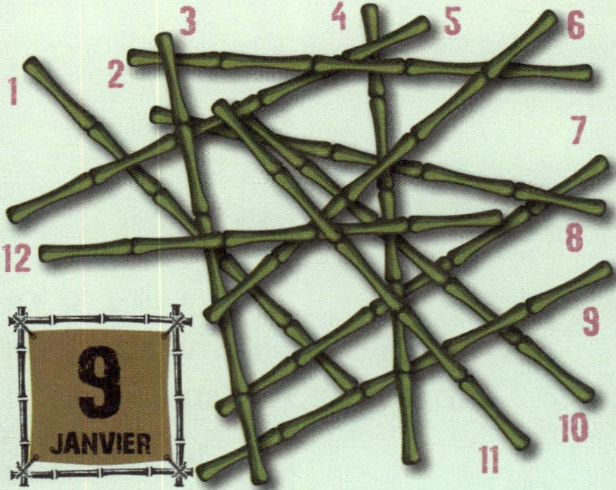

SOLUTION

Il faut ramasser dans l'ordre les bambous 11, 12, 6, 3, 2, 5, 4, 9, 10, 8, 7 et 1.

Brindilles, copeaux de bois ou de coques de noix de coco, écorces de bouleau, aiguilles de pin ou lichen peuvent tous servir d'**allume-feu**, à condition qu'ils soient bien secs !

10
JANVIER

Durant quelle aventure
de Koh-Lanta est apparu
le collier d'immunité :
la première, la troisième ou
la onzième ?

11
JANVIER

La onzième
(en 2011, saison 11)

« Nous sommes solidaires,
emportés par la même planète,
équipage d'un même navire. »

Antoine de Saint-Exupéry
(écrivain français,
1900-1944)

12
JANVIER

Pour dessaler de l'eau de mer, posez un verre au fond d'une marmite, remplissez-la d'eau de mer à mi-hauteur du verre, couvrez et faites bouillir. De la condensation dessalée va se former sous le couvercle et tomber dans le verre.

13
JANVIER

Dans quel ordre faut-il placer les panneaux pour pouvoir décoder le message ?

SOLUTION

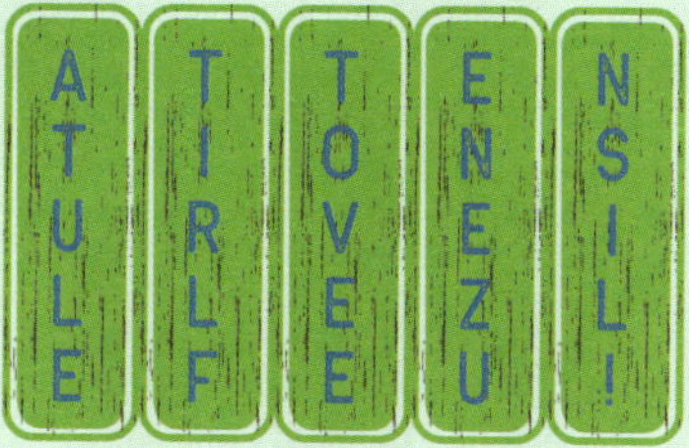

Attention, surveillez le feu !

Pour éviter d'attirer animaux et insectes, **faites régulièrement le « ménage »** sur votre campement : balayez les feuilles et évitez de laisser traîner des restes de nourriture ou des chaussettes sales près de votre abri.

15
JANVIER

Suivez la direction indiquée par chaque boussole pour trouver où se cache le collier d'immunité.

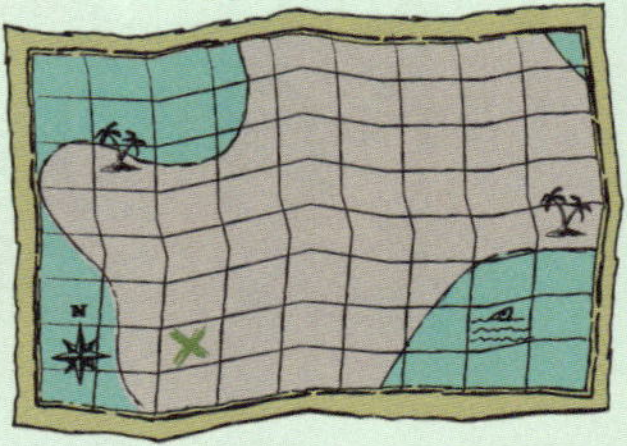

SOLUTION

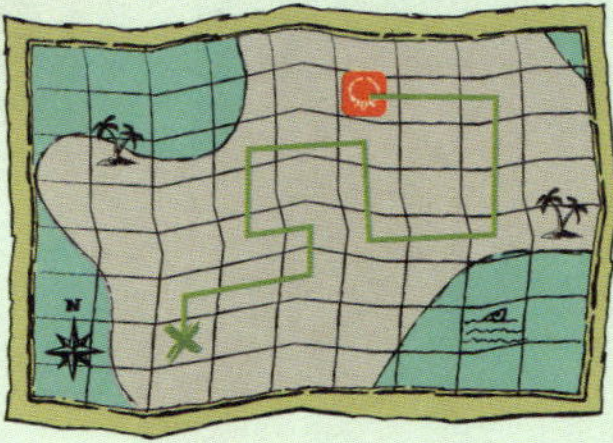

Dans « Koh-Lanta : les 4 terres » (2020), comment s'appelait l'île sans confort où devait rester 24 h la tribu arrivant dernière aux épreuves de confort ?

17
JANVIER

L'îlot de l'exil

« S'éloigner de tout
rapproche un peu de l'essentiel. »

Loïck Peyron
(navigateur français,
né en 1959)

18
JANVIER

Les plants de manioc sont reconnaissables à leurs longues feuilles vert foncé disposées en ombrelle. Leurs tubercules (épaisse peau marron et chair blanche) se cuisent à l'eau, comme les pommes de terre.

19
JANVIER

Quand aura lieu la première épreuve ?

CE SERA LA VEILLE
DU JOUR QUI PRÉCÈDE
LE JOUR QUI SUIT CELUI
DE SIX LETTRES.

20
JANVIER

SOLUTION

La première épreuve aura lieu vendredi.

Pour éviter tout risque d'infection, soignez toujours les coupures et les écorchures, même peu profondes. Désinfectez la plaie, tapotez avec une compresse stérile et bandez sans trop serrer.

21
JANVIER

En quelle année a eu lieu la première saison de Koh-Lanta : 2000, 2001 ou 2002 ?

22
JANVIER

2001

Par définition, une île est isolée du reste du monde. Vous devrez donc **trouver votre subsistance sur place**. Première étape une fois installé : explorez les alentours de votre campement.

23
JANVIER

« L'aventure est dans chaque souffle de vent. »

Charles Lindbergh
(aviateur américain,
1902-1974)

24

JANVIER

Deux araignées sont parfaitement identiques. Trouvez-les !

25
JANVIER

SOLUTION

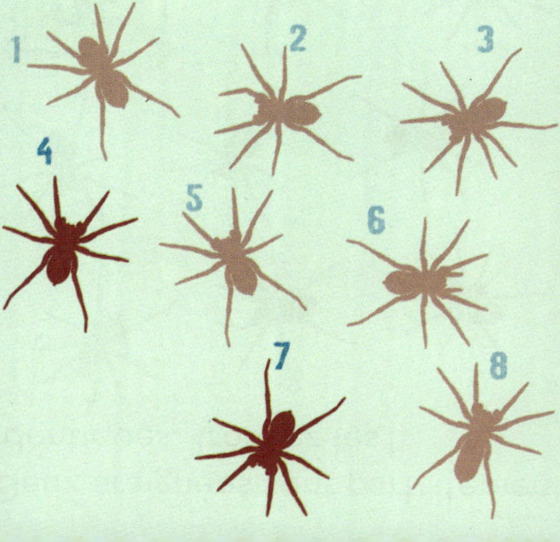

Quel âge avait le doyen
de Koh-Lanta toutes saisons
confondues ?

26
JANVIER

66 ans

Baies, champignons et plantes sauvages peuvent se révéler **toxiques, voire mortelles**. Dans le doute, mieux vaut s'abstenir d'en manger !

27

JANVIER

Tracez les pièces du tangram sur l'aventurier. Où est placée la pièce verte ?

28 JANVIER

SOLUTION

Vrai ou faux ? Les 16 candidats de l'édition spéciale « La Revanche des héros » (2012) étaient tous des gagnants d'une précédente édition.

29
JANVIER

Faux, tous avaient déjà perdu une aventure.

Si vous n'avez pas de boussole, observez la nature qui vous entoure pour vous repérer. Les arbres, par exemple, sont généralement plus touffus du côté le plus ensoleillé, à savoir au sud dans l'hémisphère Nord et au nord dans l'hémisphère Sud.

30 JANVIER

Placez les noix de coco : chaque chiffre indique le nombre de noix autour d'un îlot vert et aucune noix ne peut se toucher.

31
JANVIER

SOLUTION

Vrai ou faux ? En thaï, « ko lanta » signifie « l'île aux millions d'yeux ».

1ER
FÉVRIER

Vrai. C'est le nom de l'île où a eu lieu la première saison.

La panoplie de base côté vêtements : des baskets ou des chaussures de marche, un blouson imperméable, un short, un pantalon, un maillot de bain, un T-shirt à manches courtes et un autre à manches longues, une polaire, des chaussettes et un sous-vêtement de rechange.

2
FÉVRIER

Observez ces masques. Combien de différences voyez-vous ?

3

FÉVRIER

SOLUTION

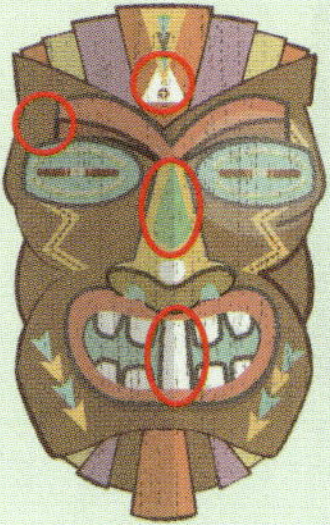

Qu'est-ce que les candidats ne trouvent pas à leur arrivée sur l'île : un point d'eau, une trousse de secours, des allumettes ou des machettes ?

4
FÉVRIER

Des allumettes

« Le risque d'une aventure vaut mille jours de bien-être et de confort. »

Paulo Coelho
(écrivain brésilien,
né en 1947)

5
FÉVRIER

Tirez ces 2 flèches dans des zones de couleur différente. Aucune des 3 flèches ne doit être voisine d'une autre. Votre objectif : 18 points !

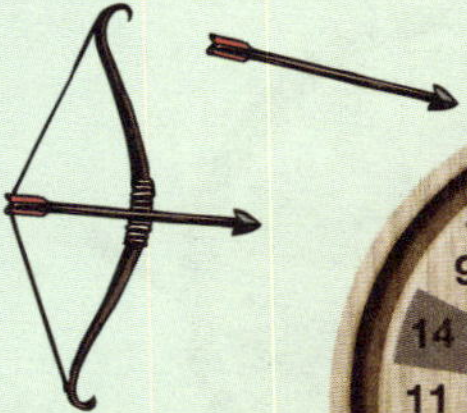

6

FÉVRIER

SOLUTION

Avant votre départ en pleine nature, entraînez-vous à faire et défaire ces **4 nœuds très utiles** : le nœud coulant, le nœud plat, le nœud de plein poing et le nœud double dit « de hamac ».

7

FÉVRIER

Vrai ou faux ? Un candidat qui possède un collier d'immunité est obligé de l'utiliser au conseil qui suit sa découverte.

8
FÉVRIER

Faux : c'est le candidat qui décide, il peut garder secret le fait de le détenir.

Construisez votre abri ! Dans quel ordre faut-il ramasser ces bambous sans faire bouger les autres ?

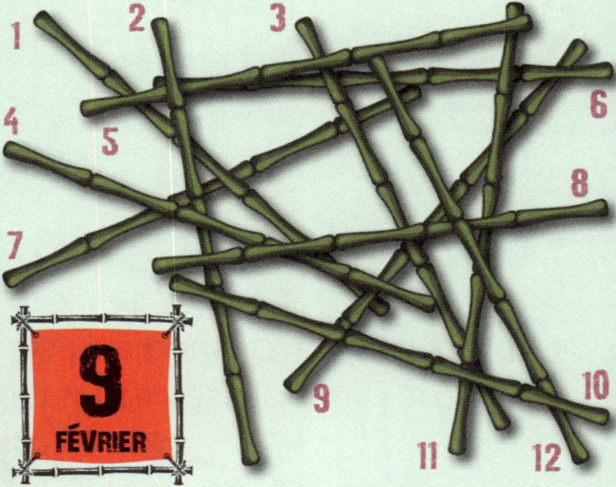

SOLUTION

Il faut ramasser dans l'ordre les bambous 10, 12, 8, 4, 2, 5, 11, 3, 6, 9, 1 et 7.

Avant le coucher du soleil, pensez à faire **une réserve de bois sec** suffisante pour pouvoir alimenter votre feu de camp toute la nuit sans avoir à vous en éloigner. C'est plus sûr, et votre nuit sera plus paisible !

10

FÉVRIER

Dans quel milieu naturel loin de la plage a eu lieu la première édition spéciale de Koh-Lanta (« Le Retour des héros », 2009) : dans la forêt amazonienne, en haute montagne ou dans un village ?

11
FÉVRIER

Dans la forêt amazonienne

« Un voyage de mille lieues commence toujours par un premier pas. »

Lao Tseu
(sage chinois,
VIe s.-Ve s. av. J.-C.)

12
FÉVRIER

Bien **choisir l'emplacement de son campement** est primordial. Évitez les terrains en pente, trop humides, trop ombragés, ou trop proches d'un cours d'eau ou de la plage. Veillez aussi à être bien abrité des vents dominants.

Dans quel ordre faut-il placer les panneaux pour pouvoir décoder le message ?

SOLUTION

J	'	A	I	A
T	T	R	A	P
É	U	N	B	E
A	U	P	O	I
S	S	O	N	!

J'ai attrapé un beau poisson !

Dans la nature, puisez de l'eau courante (les polluants ont tendance à s'accumuler dans l'eau stagnante) et **l'eau la plus claire possible** : plus elle est propre au départ et moins vous aurez à la traiter.

15
FÉVRIER

Quelle épreuve a eu lieu pour la première fois lors de la finale de la saison 3 (2003) de Koh-Lanta ?

16
FÉVRIER

La course d'orientation

Suivez la direction indiquée par chaque boussole pour trouver où se cache le collier d'immunité.

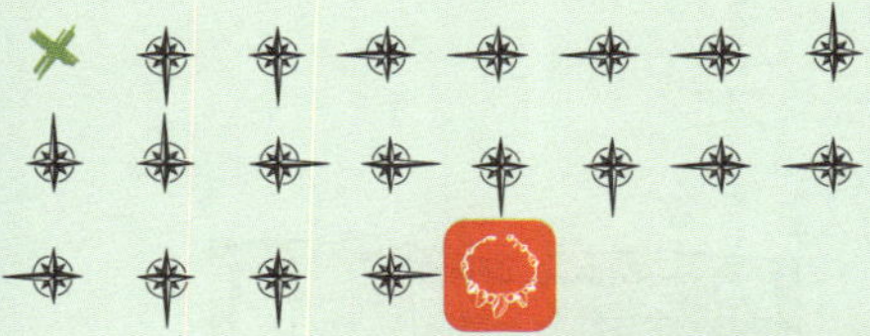

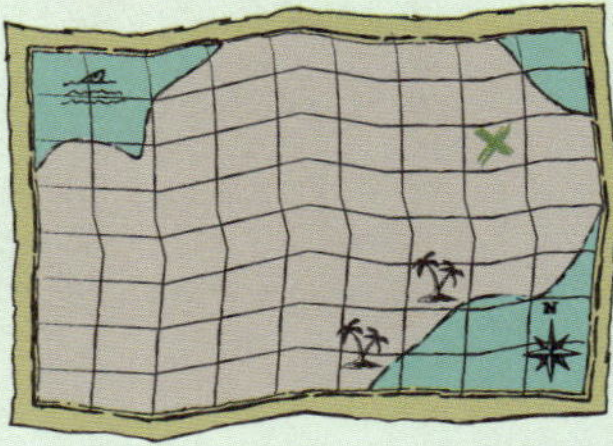

17
FÉVRIER

SOLUTION

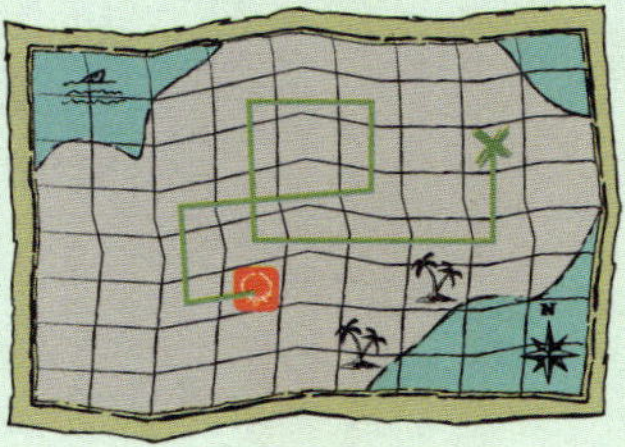

« L'aventure, c'est ce qui advient, c'est-à-dire ce qui s'ajoute, ce qui arrive par-dessus le marché, ce qu'on n'attendait pas [...]. »

Jacques Rivière
(écrivain français,
1886-1925)

18
FÉVRIER

Les moustiques attaquent surtout à l'aube et au crépuscule. Alors, à défaut de répulsif ou de moustiquaire, portez des vêtements longs et enduisez de boue les parties de votre corps qui dépassent (visage, poignets et mains).

19
FÉVRIER

Quand aura lieu le prochain conseil ?

CE SERA LE JOUR QUI SE TROUVE DEUX JOURS AVANT LA VEILLE DU JOUR QUI PRÉCÈDE DIMANCHE.

20

FÉVRIER

SOLUTION

Le prochain conseil aura lieu mercredi.

À la nage, même dans une mer calme, restez vigilants. La marée descendante et certains courants marins, comme ceux liés aux baïnes, peuvent vous entraîner vers le large !

21
FÉVRIER

Comment s’appelait la saison 1
de Koh-Lanta ? « L’Aventure commence maintenant »,
« Koh-Lanta : l’aventure » ou
« Les Aventuriers de Koh-Lanta » ?

22
FÉVRIER

« Les Aventuriers de Koh-Lanta »

En cas d'insolation, allongez-vous dans un endroit frais et ombragé, buvez abondamment et posez des compresses humides sur votre tête et vos membres.

23

FÉVRIER

« La réussite appartient à tout le monde. C'est au travail d'équipe qu'en revient le mérite. »

Franck Piccard
(skieur français,
né en 1964)

24
FÉVRIER

Deux tortues sont parfaitement identiques. Trouvez-les !

25
FÉVRIER

SOLUTION

Les 5 objets indispensables pour une expédition en pleine nature : une gourde avec un filtre, un couteau multifonction solide, de la corde, un réchaud à bois et un hamac.

26
FÉVRIER

Combien y avait-il de tribus au début de la saison 21 diffusée fin 2020 : 2, 3 ou 4 ?

27
FÉVRIER

Déplacez 3 torches pour que le poisson nage vers la gauche.

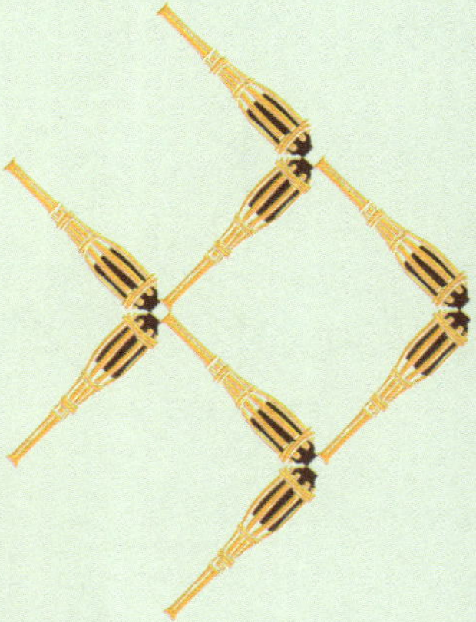

SOLUTION

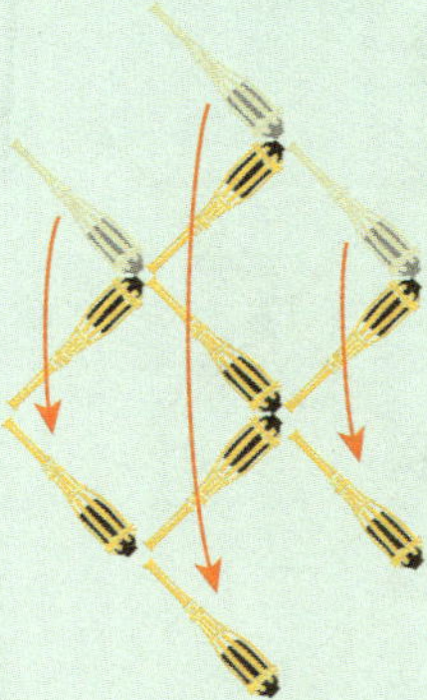

Si vous bivouaquez en pleine nature, aménagez sans tarder **un petit coin pour faire vos besoins**. Un simple trou fera l'affaire, à condition de le creuser à bonne distance de votre point d'eau, de votre abri et de vos vivres.

29
FÉVRIER

« La vue d'une belle mer est consolante. »

Stendhal
(écrivain français, 1783-1842)

1ER MARS

Placez les noix de coco : chaque chiffre indique le nombre de noix autour d'un îlot vert et aucune noix ne peut se toucher.

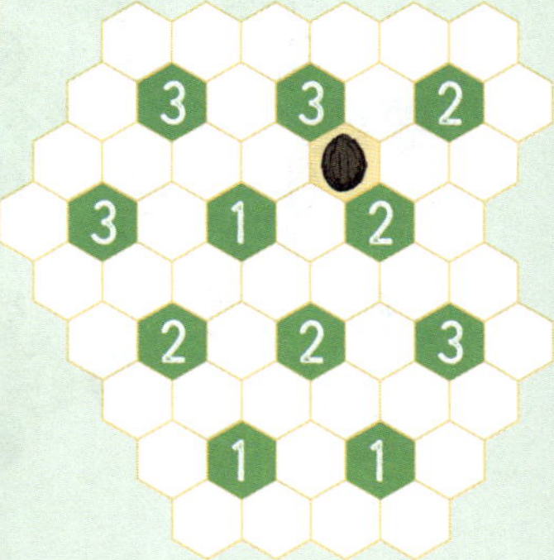

2
MARS

SOLUTION

Fabriquez une épuisette pour attraper des poissons. Ficelez le haut d'un T-shirt, sous les manches, de façon à obstruer à la fois le col et les manches. Puis attachez solidement les 2 côtés du bas du T-shirt à un long bâton pour créer l'ouverture.

3

MARS

Vrai ou faux ? Les candidats arrivent toujours sur l'île à la nage.

4
MARS

Faux (cela peut être aussi par bateau, camion, etc.)

Ouvrez l'œil et trouvez
les 4 différences entre ces totems.

SOLUTION

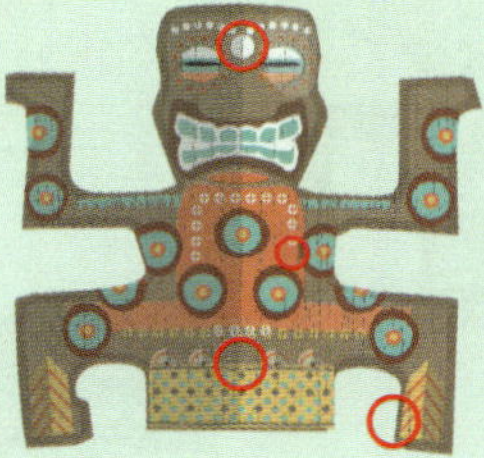

«La région de l'aventure, c'est l'avenir.»

Vladimir Jankélévitch
(philosophe français, 1903-1985)

6
MARS

Faites sécher vos chaussettes chaque soir au coin du feu. Garder les pieds humides toute la nuit retarde la guérison des ampoules et autres écorchures, et risque de favoriser l'apparition des mycoses... et des mauvaises odeurs !

7 MARS

Combien de sous-vêtements, de T-shirts et de paires de chaussettes un candidat peut-il emporter sur l'île ?

8
MARS

2 de chaque

Tirez ces 2 flèches dans des zones de couleur différente. Aucune des 3 flèches ne doit être voisine d'une autre. Votre objectif : 43 points !

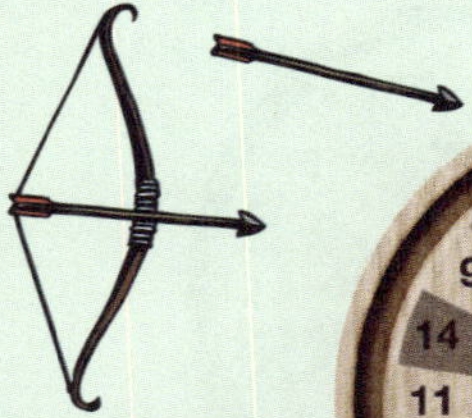

SOLUTION

Partir à l'aventure en pleine nature nécessite une bonne condition physique. Avant votre départ, **entraînez-vous régulièrement** pour améliorer notamment votre endurance, votre équilibre et votre souffle.

10
MARS

Pendant la saison 2018, que contenaient les coffres que les candidats pouvaient trouver dans la troisième île, nommée « le Paradis perdu » : des avantages en plus, leurs aliments préférés ou un téléphone ?

11
MARS

Des avantages en plus (colliers d'immunité, double-votes, etc.)

Construisez votre abri ! Dans quel ordre faut-il ramasser ces bambous sans faire bouger les autres ?

SOLUTION

Il faut ramasser dans l'ordre les bambous 10, 8, 9, 5, 3, 12, 2, 1, 4, 6, 7 et 11.

« On croit qu'on va faire un voyage mais bientôt c'est le voyage qui vous fait et vous défait. »

Nicolas Bouvier
(écrivain suisse,
1929 -1998)

13
MARS

Pour vous **éclairer la nuit**, nul besoin de lanterne de camping ! Enroulez votre lampe frontale autour d'un bidon en plastique blanc rempli d'eau et orientez-la vers le bidon : celui-ci va amplifier et diffuser la lumière.

14

MARS

Dans quel ordre faut-il placer les panneaux pour pouvoir décoder le message ?

SOLUTION

Génial ! On va pouvoir manger !

Pour **allumer un feu sans allumettes**, faites un petit tas de brindilles sèches. Placez dessus un morceau de bambou sec coupé en deux dans la longueur et percé d'un petit trou. Puis frottez le bout d'un bâton à cet endroit, vite et longtemps.

16

MARS

Est-ce un homme ou une femme qui a remporté l'édition 2020 de Koh-Lanta ?

17

MARS

Une femme

En exploration **dans la jungle**, ne vous focalisez pas sur les obstacles immédiats et sur vos pieds. Mieux vaut porter votre regard au loin, comme si vous cherchiez à percer le rideau de végétation.

18

MARS

« La vie, ce n’est pas seulement respirer. C’est avoir le souffle coupé. »

Alfred Hitchcock
(cinéaste britannique puis américain, 1899-1980)

19
MARS

Suivez la direction indiquée par chaque boussole pour trouver où se cache le collier d'immunité.

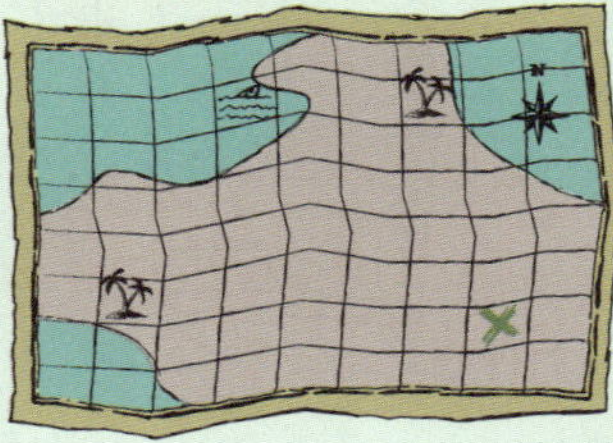

20

MARS

SOLUTION

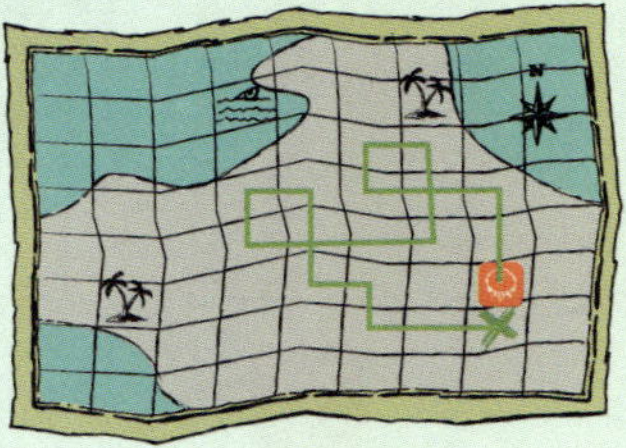

Pour la cuisson du riz, comptez 2 volumes d'eau pour 1 volume de riz et 10 à 20 minutes de cuisson selon les variétés. Astuce : à défaut de sel, ajoutez un peu d'eau de mer filtrée et bouillie à l'eau de cuisson de votre riz.

21
MARS

Depuis quelle saison le présentateur actuel anime-t-il Koh-Lanta : depuis le début, depuis la saison 2 ou depuis 2010 ?

22
MARS

Depuis la saison 2 (en 2002)

Pour **fabriquer un abri à 2 pans,** coincez une longue branche bien droite entre 2 fourches et venez appuyer de part et d'autre les branches qui formeront l'armature du toit, jusqu'au sol. Couvrez de branchages ou de palmes.

23
MARS

Quand aura lieu l'épreuve d'immunité ?

CE SERA LE JOUR QUI EST PRÉCÉDÉ ET SUIVI DE DEUX JOURS CONTENANT TROIS VOYELLES.

24
MARS

SOLUTION

L'épreuve d'immunité aura lieu vendredi.

« Voyager rend modeste.
On voit mieux la place minuscule
que l'on occupe dans le monde. »

Gustave Flaubert
(écrivain français,
1821-1880)

25
MARS

26 MARS

Durant la saison 4 (2004), quel poisson très particulier un candidat a-t-il pêché avec une simple ficelle ?

Un requin

Confectionnez votre **solution de réhydratation** maison pour lutter contre la déshydratation : comptez un tiers de jus d'orange pour deux tiers d'eau et ajoutez une demi-cuillerée à café de sel. Évitez thé, café et alcools.

27
MARS

Deux crabes sont parfaitement identiques. Trouvez-les !

SOLUTION

Vrai ou faux ? Les couleurs des tribus sont toujours le rouge et le jaune.

29
MARS

Faux : il y a eu aussi, dans certaines éditions du jeu, une tribu orange, bleue, verte, violette ou noire.

Sans boussole, une montre peut faire l'affaire. Réglez-la sur l'heure solaire (– 1 heure en hiver, – 2 en été) puis pointez la petite aiguille vers le Soleil. Imaginez une droite entre le chiffre 12 et l'aiguille des heures pour trouver la ligne nord-sud.

30

MARS

Tracez les pièces du tangram sur le voilier. Où est placée la pièce verte ?

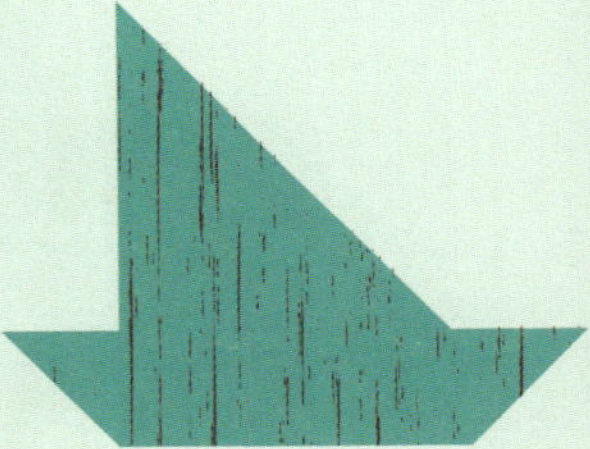

31

MARS

SOLUTION

Comment s'appelle
la statuette qui représente
l'immunité ?

1ER AVRIL

Un totem

Enregistrez sur votre téléphone portable **les numéros d'urgence** du pays où vous voyagez. Même si vous les connaissez par cœur, dans la panique, il est facile de les oublier ! Et emportez toujours une batterie de secours.

2
AVRIL

Placez les noix de coco : chaque chiffre indique le nombre de noix autour d'un îlot vert et aucune noix ne peut se toucher.

3
AVRIL

SOLUTION

Quelle est la particularité des éditions spéciales : les candidats ne sont que des hommes ; les candidats ont déjà participé à l'aventure ; les candidats ont tous moins de 30 ans ?

4
AVRIL

Les candidats ont déjà participé à l'aventure.

«Le courage n'est pas l'absence de peur, mais la capacité de vaincre ce qui fait peur.»

Nelson Mandela
(homme d'État sud-africain, 1918-2013)

5
AVRIL

Observez ces masques. Combien de différences voyez-vous ?

SOLUTION

Une fois que vous avez choisi **l'emplacement de votre feu de camp** (ni trop près, ni trop loin de votre abri), disposez des grosses pierres en cercle, côte à côte, pour le circonscrire.

7

AVRIL

Depuis la première édition
de Koh-Lanta en 2001 jusqu'à
fin 2020, combien y a-t-il
eu de candidats dans
les 25 éditions diffusées :
356, 401 ou 451 ?

8
AVRIL

451

Tirez ces 2 flèches dans des zones de couleur différente. Aucune des 3 flèches ne doit être voisine d'une autre. Votre objectif : 29 points !

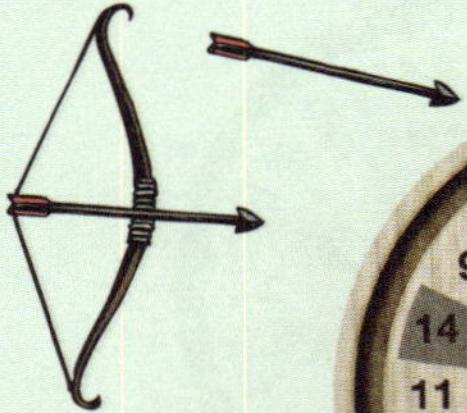

SOLUTION

Pour **choisir une noix de coco**, secouez-la. Si vous entendez clapoter beaucoup d'eau de coco à l'intérieur, alors le fruit est bien frais et sa chair sera goûteuse.

10
AVRIL

En 2009 lors de la saison 9, quelle était la particularité de la première épreuve : elle était éliminatoire ; elle a eu lieu en France avant le départ sur l'île ; elle ne concernait que le doyen de chaque équipe ?

11
AVRIL

Elle était éliminatoire.

« Sur les îles
Des lumières s'allument
La mer au printemps »

Masaoka Shiki
(poète japonais,
1867-1902)

12
AVRIL

Construisez un tipi : formez un trépied avec 3 perches disposées en étoile liées au 4/5e de leur hauteur, puis disposez une dizaine d'autres perches de façon à former un tipi bien rond. Finissez en couvrant d'une bâche imperméable ou de branchages.

13
AVRIL

Construisez votre abri ! Dans quel ordre faut-il ramasser ces bambous sans faire bouger les autres ?

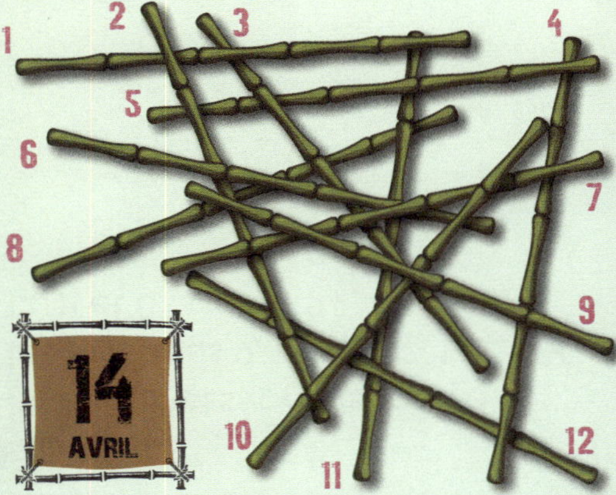

SOLUTION

Il faut ramasser dans l'ordre les bambous 9, 10, 7, 6, 2, 1, 3, 5, 4, 12, 11 et 8.

Un adulte en bonne santé peut, en théorie, survivre entre 70 et 80 jours sans manger, mais pas plus de 3 jours sans boire ! Alors, quand vous établissez votre campement, la première chose à faire est de **trouver une source d'eau**.

15

AVRIL

Toutes saisons confondues, combien de jours dure l'aventure : entre 31 et 34 jours, entre 35 et 38 jours, entre 39 et 43 jours ?

16
AVRIL

Entre 39 et 43 jours (sauf les éditions spéciales, plus courtes).

Dans quel ordre faut-il placer les panneaux pour pouvoir décoder le message ?

E I R U G

R R V A É

E À É G !

P E I R N

L M R A A

17
AVRIL

SOLUTION

L	E	P	R	E
M	I	E	R	A
R	R	I	V	É
A	U	R	A	G
A	G	N	É	!

Le premier arrivé aura gagné !

« L'amitié double les joies
et réduit de moitié les peines. »

Francis Bacon
(philosophe anglais
1561-1626)

18
AVRIL

En pleine nature, **à défaut de papier toilette**, utilisez des feuilles d'arbres, de préférence bien larges et résistantes. Mais attention
aux plantes urticantes,
comme l'ortie !

Suivez la direction indiquée par chaque boussole pour trouver où se cache le collier d'immunité.

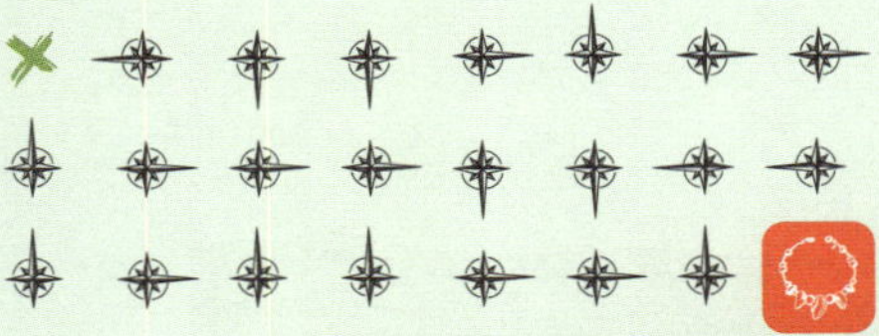

20
AVRIL

SOLUTION

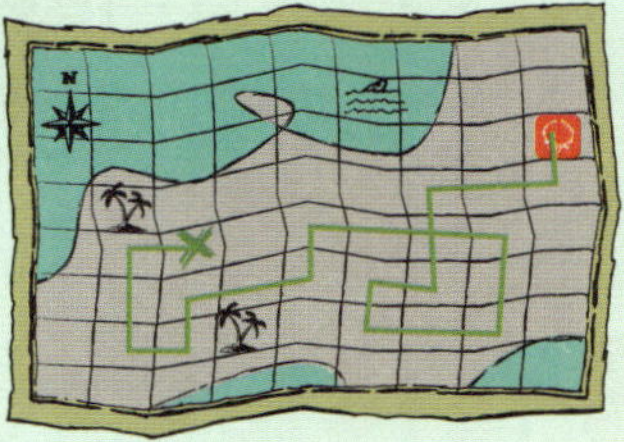

Si vous avez **des coups de soleil**, buvez beaucoup d'eau et restez à l'ombre. Pour les soulager, utilisez des compresses d'eau froide ou le gel transparent qui suinte des feuilles d'aloe vera coupées en deux.

21
AVRIL

Quelle était la couleur de la troisième équipe introduite lors de l'édition 2019 de Koh-Lanta ?

22
AVRIL

Bleue

Ayez toujours **un couteau de poche multifonction** à portée de main. Ses outils de base (une lame, une scie, un ouvre-bouteille, un tournevis) rétractables dans le manche vous rendront bien des services !

23
AVRIL

Quand aura lieu l'épreuve de confort ?

CE SERA LE LENDEMAIN DU JOUR QUI SUIT CELUI QUI COMMENCE COMME TOUS LES AUTRES FINISSENT.

24
AVRIL

SOLUTION

L'épreuve de confort aura lieu mardi.

« Mais les vrais voyageurs sont ceux-là seuls qui partent pour partir. »

Charles Baudelaire
(poète français, 1821-1867)

25
AVRIL

Pour **éloigner les serpents**, marchez en frappant le sol avec un bâton ou en tapant fort des pieds. Et si vous en croisez un malgré tout, restez immobile et laissez-lui l'opportunité de s'enfuir. S'il ne bouge pas, reculez très doucement.

26
AVRIL

Deux raies sont parfaitement identiques. Trouvez-les !

SOLUTION

Parmi les 13 candidats de l'édition spéciale 2014 « La Nouvelle édition », combien avait participé à la saison 1 ?

28
AVRIL

1 candidat (1 femme)

Pour **éviter de vous perdre en forêt**, balisez votre chemin : faites régulièrement une encoche au couteau sur les troncs d'arbres, à hauteur des yeux.

29
AVRIL

Déplacez 2 torches pour que la cabane forme 5 carrés.

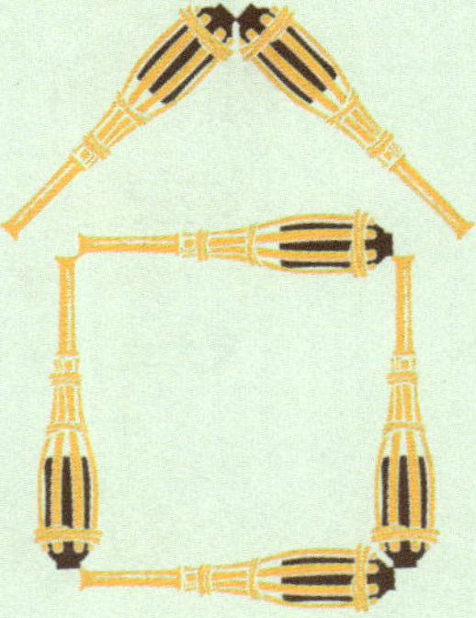

SOLUTION

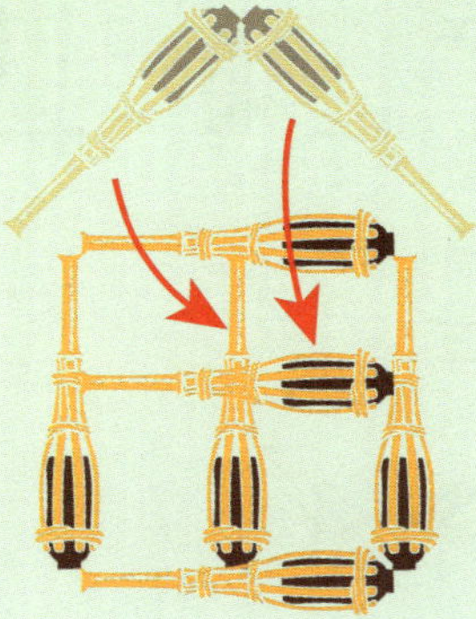

Vrai ou faux ? Lors de la première saison, chaque candidat avait 5 kg de riz dans son kit de survie au début de l'aventure.

1ER MAI

Faux : 3 kg

En pleine nature, **un foulard** peut bien sûr protéger le cou, mais aussi servir de couvre-chef, de cache-nez, d'essuie-tout et, à condition que le foulard soit propre, à panser une plaie ou à filtrer de l'eau.

2
MAI

Placez les noix de coco : chaque chiffre indique le nombre de noix autour d'un îlot vert et aucune noix ne peut se toucher.

3
MAI

SOLUTION

Qui désigne l'aventurier qui gagne : le public, le jury final ou le présentateur ?

4
MAI

Le jury final

« Toute aventure humaine,
quelque singulière qu'elle paraisse,
engage l'humanité entière. »

Jean-Paul Sartre
(philosophe français,
1905-1980)

5
MAI

Ouvrez l'œil et trouvez
les 4 différences entre ces masques.

6
MAI

SOLUTION

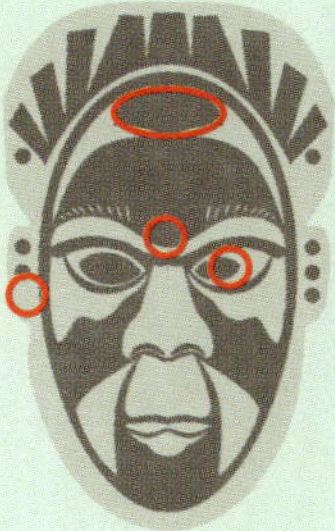

Se retrouver **complètement coupé de ses proches**, même pour un temps limité, peut se révéler bien plus difficile qu'il n'y paraît. Dites-vous que cette séparation n'est que temporaire et que vos retrouvailles seront plus intenses.

7

MAI

Quelles sont les 2 épreuves éliminatoires de la finale ?

8

MAI

La course d'orientation
et l'épreuve des poteaux

Tirez ces 2 flèches dans des zones de couleur différente. Aucune des 3 flèches ne doit être voisine d'une autre. Votre objectif : 38 points !

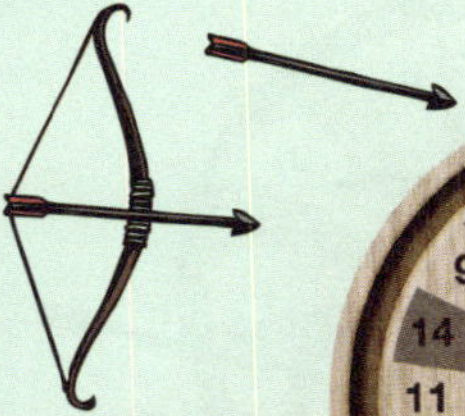

SOLUTION

Pour allumer du feu **à la manière de nos ancêtres préhistoriques**, frottez un silex contre une pierre riche en sulfure de fer (pyrite ou marcassite). Il se produira alors des étincelles qui vous permettront d'enflammer votre combustible.

10
MAI

Vrai ou faux ? Le nombre de candidats par saison est toujours le même à Koh-Lanta : 20 au total.

11

MAI

Faux, selon les éditions, 14 à 24 candidats participent à l'aventure.

« Une destination n'est jamais un lieu, mais une nouvelle façon de voir les choses. »

Henry Miller
(écrivain américain, 1891-1980)

12
MAI

Sur une boussole, l'aiguille rouge indique toujours le nord. Tenez l'appareil bien à plat dans une main, puis tournez doucement le cadran de façon à ce que le N inscrit dessus coïncide avec cette aiguille.

13

MAI

Construisez votre abri ! Dans quel ordre faut-il ramasser ces bambous sans faire bouger les autres ?

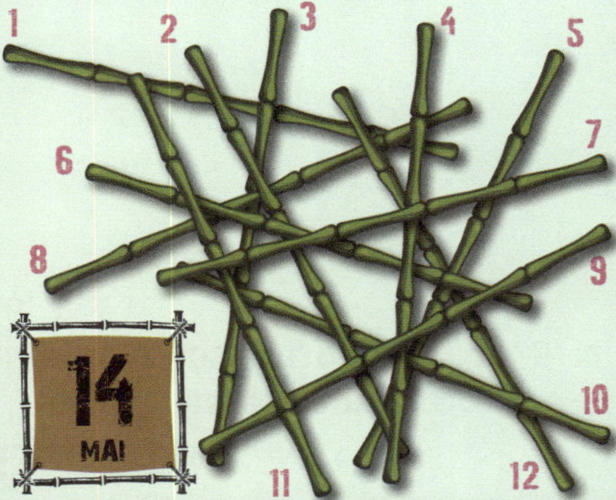

SOLUTION

Il faut ramasser dans l'ordre les bambous 7, 11, 9, 4, 6, 2, 10, 5, 12, 8, 3 et 1.

Obtenir **de l'eau potable grâce aux arbres**, c'est possible ! Attachez un sac plastique autour d'une branche feuillue, placez une pierre dans le sac pour créer un réservoir et refermez-le. En 12 h environ, on récupère en théorie une grosse tasse d'eau.

15
MAI

Sur quelle île du territoire français a eu lieu en 2010 « Le Choc des héros », la deuxième édition spéciale de Koh-Lanta ?

16
MAI

En Nouvelle-Calédonie
(sur l'archipel de Malabou)

Dans quel ordre faut-il placer les panneaux pour pouvoir décoder le message ?

17 MAI

SOLUTION

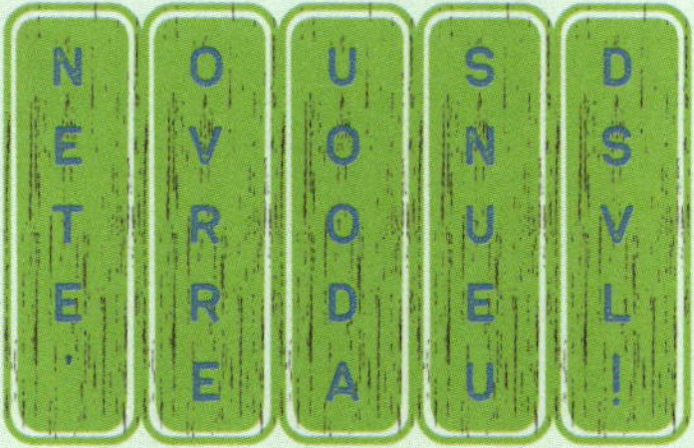

Nous devons trouver de l'eau !

« Rien derrière et tout devant,
comme toujours sur la route. »

Jack Kerouac
(écrivain américain,
1922-1969)

18
MAI

Le kit de premiers secours : thermomètre, pansements, compresses stériles, gants jetables, antiseptique, bandages, Sparadrap, ciseaux, épingles de nourrice, pince à épiler, tire-tique, antidiarrhéiques et antalgiques.

Suivez la direction indiquée par chaque boussole pour trouver où se cache le collier d'immunité.

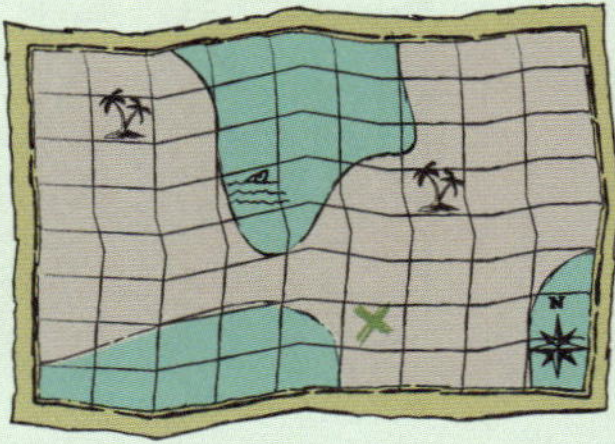

20
MAI

SOLUTION

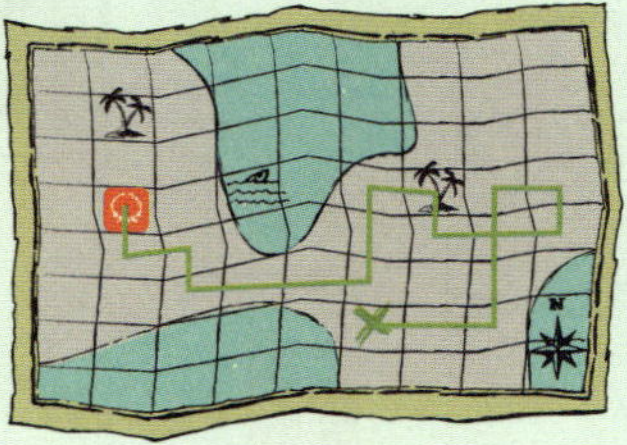

Si vous devez **dormir à même le sol** cette nuit, recouvrez votre zone de couchage de plusieurs épaisseurs de feuilles sèches ou d'aiguilles de pin afin de vous isoler de la terre, qui absorbe la chaleur corporelle.

21 MAI

Vrai ou faux ? Le kit d'urgence à ouvrir en cas de nécessité par les candidats contient toujours un talkie-walkie et une balise de détresse.

22
MAI

Vrai

Un bon moyen de **cuire viande et poisson au feu de bois** sans les brûler est de les déposer sur une grosse pierre plate placée dans les braises. La chaleur du foyer va se diffuser dans la pierre et cuire vos denrées tout en douceur. Bon appétit !

23

MAI

« Être différent n'est ni une bonne ni une mauvaise chose.
Cela signifie simplement que vous êtes suffisamment courageux pour être vous-même. »

Albert Camus
(écrivain français,
1913-1960)

24
MAI

Quand aura lieu le prochain conseil ?

CE SERA UN JOUR QUI N'EST NI LA VEILLE NI LE LENDEMAIN DE SAMEDI OU DIMANCHE, ET DONT L'INITIALE N'EST PAS UN M.

25

MAI

SOLUTION

Le prochain conseil aura lieu jeudi.

Dans quel pays européen a été diffusé pour la première fois le jeu américain *Survivor*, à l'origine de Koh-Lanta ?

26
MAI

Suède

Dans les forêts tropicales, qui sont chaudes et humides, la végétation est dense. Pour éviter les coupures et les égratignures, portez un pantalon et des manches longues.

27

MAI

Deux scorpions sont parfaitement identiques. Trouvez-les !

28
MAI

SOLUTION

Quelle catégorie d'épreuves permet à l'équipe qui les gagne de ne pas être éliminée lors du conseil ?

29

MAI

Les épreuves d'immunité

Évitez de rester trop longtemps sous les cocotiers. **Les chutes de noix de coco** tuent en effet en moyenne 150 personnes chaque année !

30 MAI

Tracez les pièces du tangram sur le poisson. Où est placée la pièce verte ?

31

MAI

SOLUTION

«Le courage n'est rien sans la réflexion.»

Euripide
(auteur grec,
vers 480-406 av. J.-C.)

1ER JUIN

Si **vous partez en exploration** autour de votre campement dans l'après-midi, ne vous éloignez pas trop, de façon à pouvoir rentrer avant la nuit, et pensez à emporter une gourde d'eau et un peu de nourriture.

2
JUIN

Placez les noix de coco : chaque chiffre indique le nombre de noix autour d'un îlot vert et aucune noix ne peut se toucher.

3
JUIN

SOLUTION

Au cours des 25 éditions de Koh-Lanta diffusées de 2001 à fin 2020, combien de femmes ont remporté une finale : 10, 12 ou 15 ?

4
JUIN

« L'aventure repose sur la richesse
des liens qu'elle établit,
des problèmes qu'elle pose,
des créations qu'elle provoque. »

Antoine de Saint-Exupéry
(auteur français,
1900-1944)

5
JUIN

Observez ces masques. Combien de différences voyez-vous ?

6
JUIN

SOLUTION

Lorsque vous allumez un feu en pleine nature, **prévoyez toujours un seau d'eau**, de terre ou de sable à proximité pour pouvoir l'éteindre rapidement en cas de besoin.

7
JUIN

Dans l'édition spéciale 2018 («Koh-Lanta : L'Île des héros»), quelle était la particularité de la nouvelle tribu noire : elle était formée de seniors, d'anciens candidats «mythiques» ou de sportifs de haut niveau ?

8
JUIN

D'anciens candidats «mythiques»

Tirez ces 2 flèches dans des zones de couleur différente. Aucune des 3 flèches ne doit être voisine d'une autre. Votre objectif : 24 points !

SOLUTION

Choisissez **un sac à dos** imperméable de taille moyenne (plus il est grand, plus on a tendance à le surcharger), avec des renforts dorsaux et des bretelles larges pour le confort.

10 JUIN

Lors de la première saison, qu'est-ce que les candidats pouvaient emporter sur l'île : des tenues de rechange, leur montre ou des livres ?

11

JUIN

Des tenues de rechange

« L'homme ne peut découvrir
de nouveaux océans sans avoir
le courage de perdre de vue
le rivage. »

André Gide
(écrivain français,
1869-1951)

12
JUIN

Une personne inconsciente doit être placée en **position latérale de sécurité** jusqu'à l'arrivée des secours. Allongez-la sur le côté droit, jambe et bras gauche repliés à l'équerre, tête alignée dans l'axe du dos et bouche ouverte.

13
JUIN

Construisez votre abri ! Dans quel ordre faut-il ramasser ces bambous sans faire bouger les autres ?

SOLUTION

Il faut ramasser dans l'ordre les bambous 11, 7, 10, 9, 4, 2, 1, 3, 6, 12, 5 et 8.

Pour assainir l'eau que vous trouvez dans la nature, passez-la d'abord à travers un tissu propre ou un filtre à café, puis faites-la bouillir sur votre feu de camp ou sur un réchaud pendant au moins 3 minutes avant de la laisser refroidir.

15 JUIN

Lors de la course d'orientation en demi-finale, quel est le record du candidat le plus rapide pour trouver son objet : 5 minutes, 20 minutes ou 45 minutes ?

16 JUIN

20 minutes
(durant la saison 5, en 2005)

Dans quel ordre faut-il placer les panneaux pour pouvoir décoder le message ?

SOLUTION

Il ne faut surtout pas lâcher !

« Rien ne développe l'intelligence comme les voyages. »

Émile Zola
(écrivain français, 1840-1902)

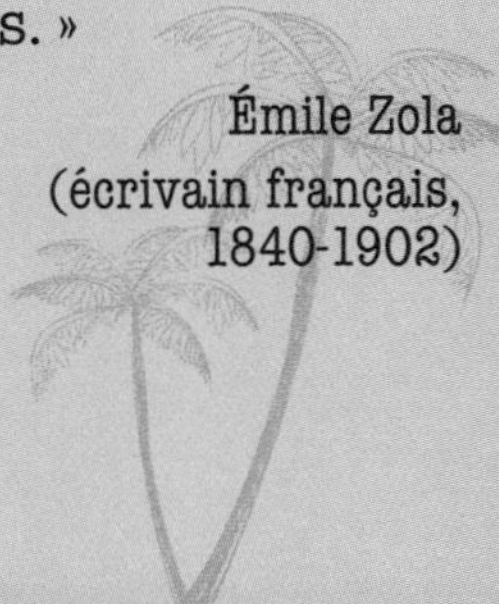

18
JUIN

Transformez **une épingle de nourrice** en hameçon : retirez le fermoir pour laisser la pointe de l'épingle découverte, puis repliez l'autre partie vers le haut pour former l'ardillon qui empêchera le poisson de se détacher.

19
JUIN

Suivez la direction indiquée par chaque boussole pour trouver où se cache le collier d'immunité.

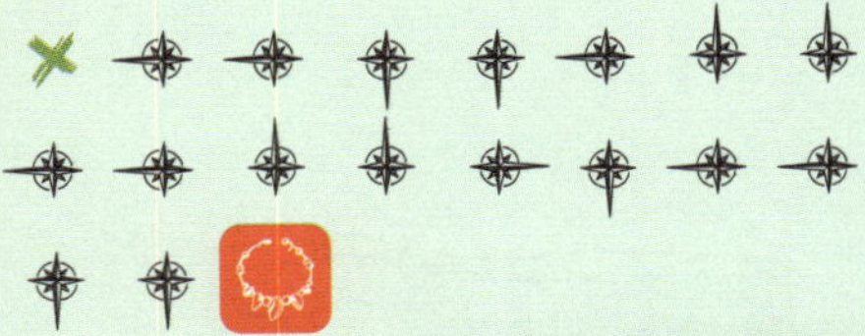

20
JUIN

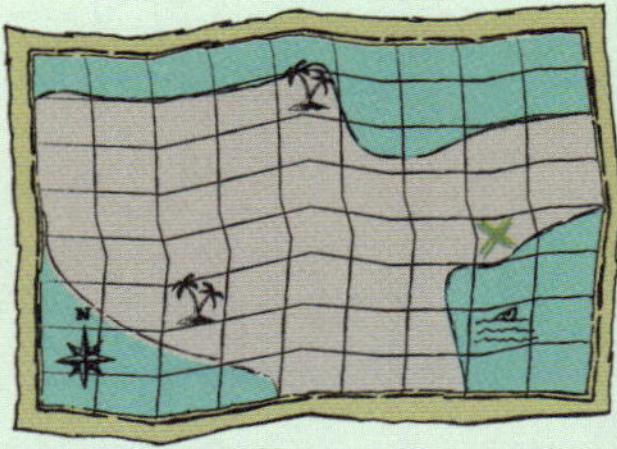

SOLUTION

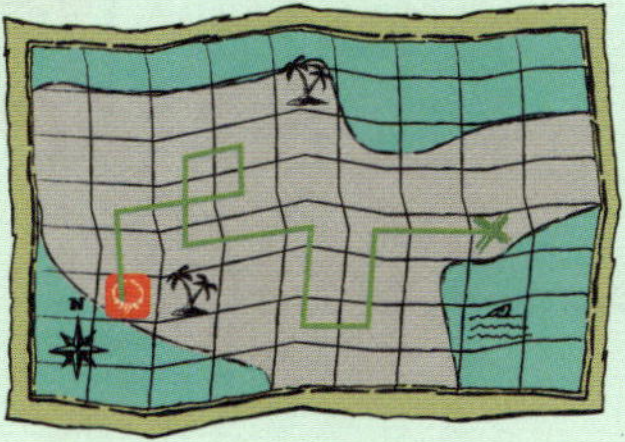

Pour éviter tout risque de refroidissement, ne vous couchez jamais avec des vêtements mouillés ou humides. Tendez une corde entre 2 arbres, face au vent, pour y **faire sécher votre linge** ou pendez-le directement aux branches.

21
JUIN

Fin 2020, combien de saisons de Koh-Lanta avaient été diffusées : 22, 25 ou 27 ?

22

JUIN

25
(dont 6 éditions spéciales)

Orages violents, mousson ou marées à forts coefficients peuvent provoquer de **brusques inondations**. N'installez jamais votre campement trop près d'un cours d'eau ou du rivage.

23
JUIN

Quand aura lieu la réunification ?

CE SERA LE JOUR QUI
N'A PAS UN NOMBRE
DE LETTRES IMPAIR
ET QUI PRÉCÈDE DEUX
JOURS AU NOMBRE DE
LETTRES IMPAIR.

24
JUIN

SOLUTION

La réunification aura lieu dimanche.

« C'est lorsque vous avez chaussé vos pantoufles que vous rêvez d'aventure. En pleine aventure, vous avez la nostalgie de vos pantoufles. »

Thornton Wilder
(écrivain américain,
1897-1975)

25
JUIN

Pour savoir combien de temps il vous reste **avant que la nuit tombe**, placez vos deux mains (sauf les pouces) entre la ligne d'horizon et le soleil, puis comptez le nombre de doigts qui les sépare : 1 main = 1 heure, 1 doigt = 15 minutes...

26 JUIN

Deux geckos sont parfaitement identiques. Trouvez-les !

27

JUIN

SOLUTION

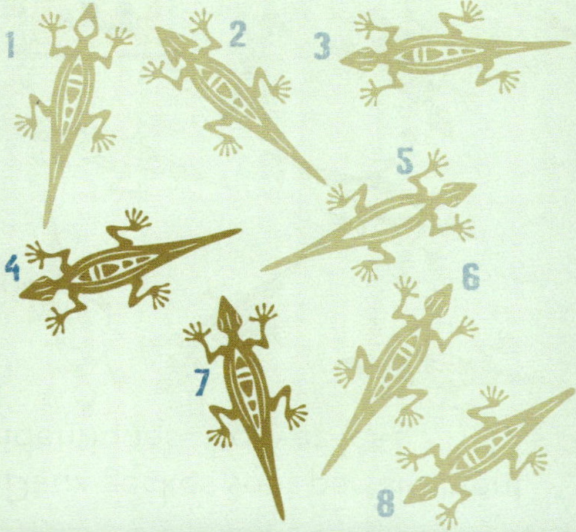

Vrai ou faux ? C'est une femme qui a gagné la saison 2 de Koh-Lanta.

28

JUIN

Vrai (en 2002)

Prenez garde aux méduses, elles peuvent infliger de cuisantes brûlures ! Si cela vous arrive, retirez les bouts de tentacules avec la pointe d'un couteau, rincez à l'eau de mer et désinfectez. En cas de réaction allergique, consultez un médecin.

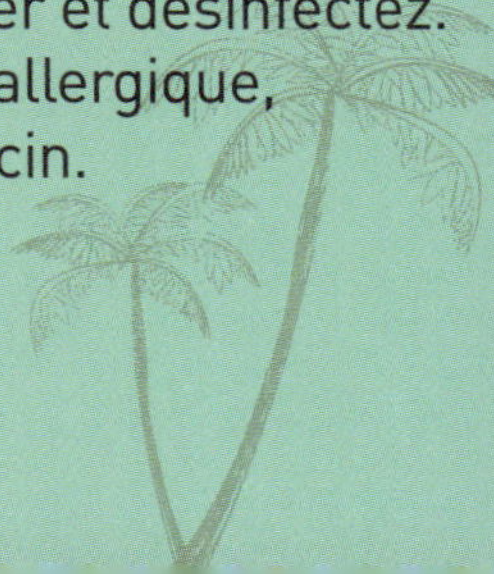

29
JUIN

Déplacez 3 torches pour que cette fleur forme 5 triangles.

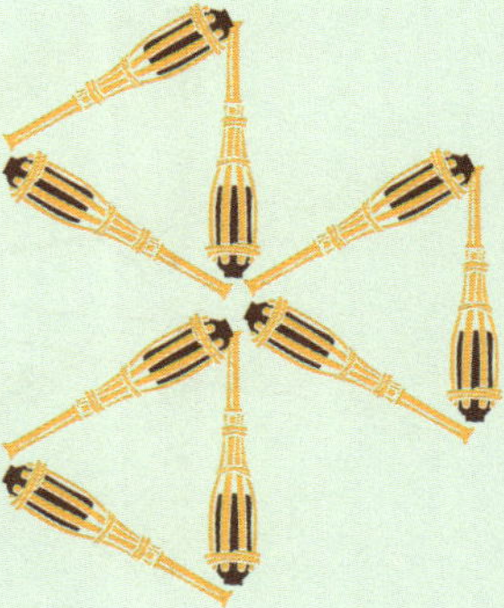

30
JUIN

SOLUTION

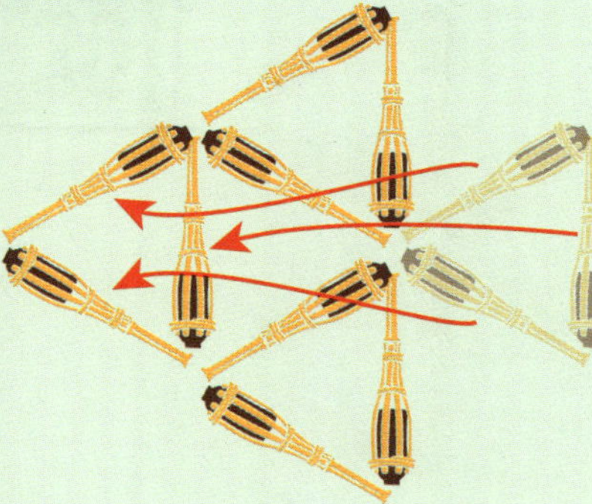

Comment s'appelle l'étape de l'aventure durant laquelle les différentes tribus fusionnent ?

1ER
JUILLET

La réunification

« Il se faut entraider,
c'est la loi de la nature. »

Jean de La Fontaine
(écrivain français,
1621-1695)

2
JUILLET

Placez les noix de coco : chaque chiffre indique le nombre de noix autour d'un îlot vert et aucune noix ne peut se toucher.

3
JUILLET

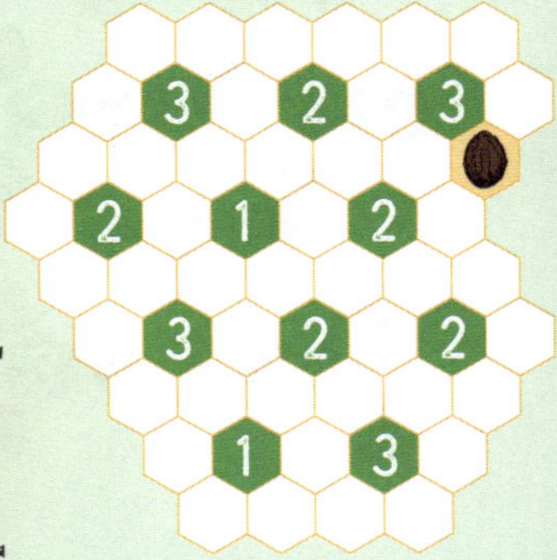

SOLUTION

Pour **mesurer une distance sur une carte**, suivez le parcours de l'itinéraire que vous voulez suivre avec une ficelle, puis comparez sa longueur avec l'échelle indiquée.

4

JUILLET

Vrai ou faux ? La saison 6 de Koh-Lanta (2006) a débuté plus tard que les précédentes saisons du fait de la Coupe du monde de football ?

5

JUILLET

Vrai

Ouvrez l'œil et trouvez
les 4 différences entre ces totems.

SOLUTION

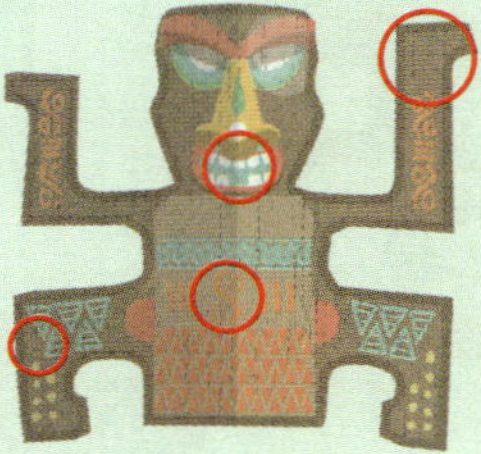

Pour que le toit de votre abri soit **le plus étanche possible**, couvrez-le avec plusieurs couches de feuilles de palmes, en prenant bien soin de les croiser.

7 JUILLET

8

JUILLET

Par quel vote un candidat éliminé peut-il voter contre un membre de sa tribu ?

Un vote noir

Tirez ces 2 flèches dans des zones de couleur différente. Aucune des 3 flèches ne doit être voisine d'une autre. Votre objectif : 47 points !

SOLUTION

« Le courage est le juste milieu entre la peur et l'audace. »

Aristote
(philosophe grec,
384-322 av. J.-C.)

10
JUILLET

Choisissez de préférence **une gourde** munie d'un filtre pour purifier l'eau. Il capture les sédiments et les contaminants organiques, et élimine les virus et les bactéries grâce au produit chimique qu'il contient.

11
JUILLET

Construisez votre abri ! Dans quel ordre faut-il ramasser ces bambous sans faire bouger les autres ?

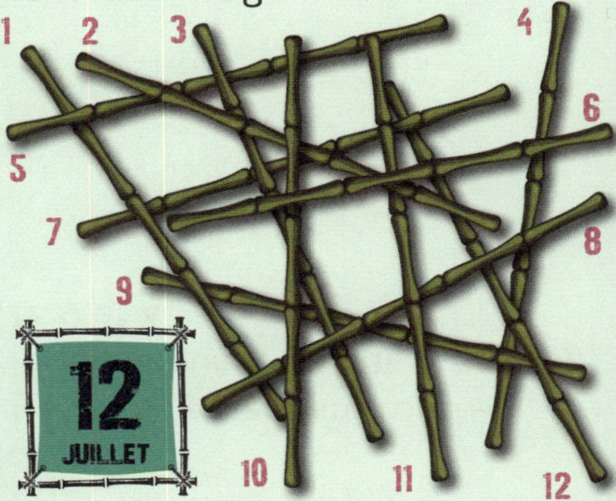

SOLUTION

Il faut ramasser dans l'ordre les bambous 6, 10, 2, 11, 8, 3, 5, 1, 7, 12, 9 et 4.

Vous pouvez fabriquer **un hamac de fortune** avec un vieux filet récupéré sur la plage ou un grand morceau de tissu solidement tendu entre 2 arbres.

13
JUILLET

Quel nouvel objet d'immunité est apparu au cours de l'édition 2019 de Koh-Lanta :
un anneau d'immunité,
un bracelet d'immunité
ou un passeport d'immunité ?

14
JUILLET

Un bracelet d'immunité

Pour **un feu plus durable**,
la forme la plus efficace
est de disposer le bois en tipi.

15
JUILLET

Dans quel ordre faut-il placer les panneaux pour pouvoir décoder le message ?

SOLUTION

Ils tiendront jusqu'au bout !

Depuis la 5e saison, que dit le présentateur lorsque la sentence tombe durant le conseil ?

17 JUILLET

« Les aventuriers de la tribu ont décidé de vous éliminer et leur sentence est irrévocable. »

«Il n'y a d'homme plus complet que celui qui a beaucoup voyagé, qui a changé vingt fois la forme de sa pensée et de sa vie.»

Alphonse de Lamartine
(poète français,
1790-1869)

18
JUILLET

Dans l'hémisphère Nord, pour trouver votre chemin la nuit, **repérez l'étoile polaire** (c'est la plus brillante), puis tracez une ligne verticale imaginaire de ce point vers l'horizon. C'est approximativement là que se trouve le nord.

19

JUILLET

Suivez la direction indiquée par chaque boussole pour trouver où se cache le collier d'immunité.

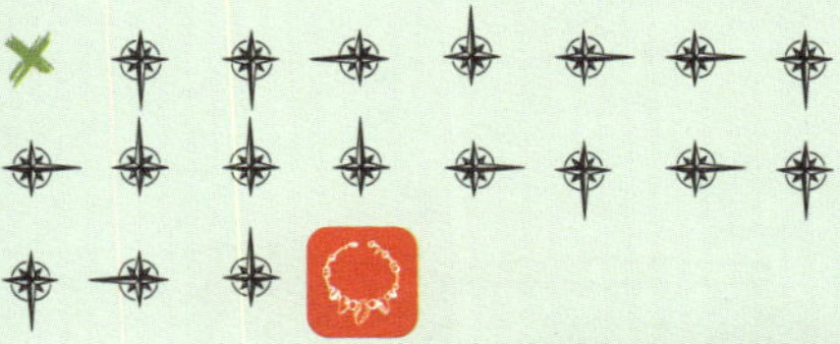

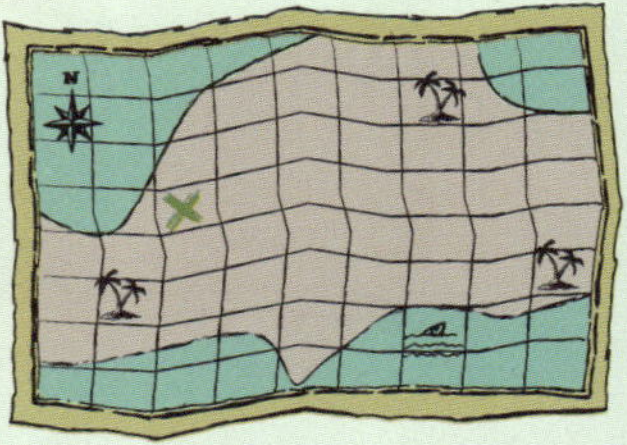

20 JUILLET

SOLUTION

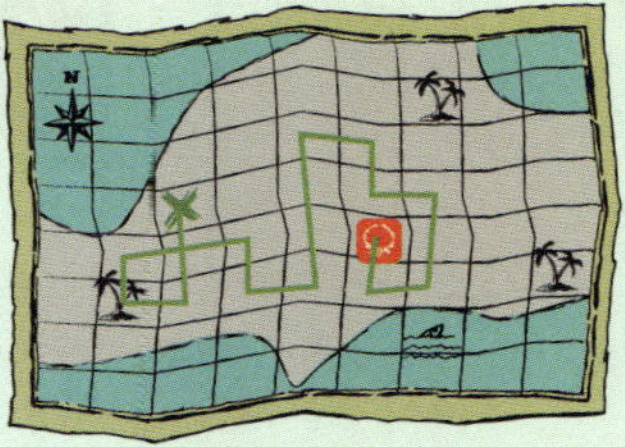

À défaut de dentifrice et de brosse à dents, utilisez de la cendre de bois mélangée à un peu d'eau et frottez la pâte ainsi obtenue sur vos dents avec le doigt. Ce n'est pas très bon, mais très efficace !

21
JUILLET

Vrai ou faux ? Depuis sa création, l'épreuve des poteaux se déroule pieds nus.

22
JUILLET

Faux, jusqu'à la saison 6 comprise, les candidats portaient des chaussures.

Pour fabriquer **un piège à rosée**, tendez un grand morceau de tissu propre à la verticale entre 2 bâtons, face au vent, pendant toute la nuit. Au matin, essorez le tissu pour récolter la rosée qui s'y trouvera emprisonnée.

23
JUILLET

« Les îles sont toujours
des frontières face au monde. »

José Carlos Llop
(écrivain espagnol,
né en 1956)

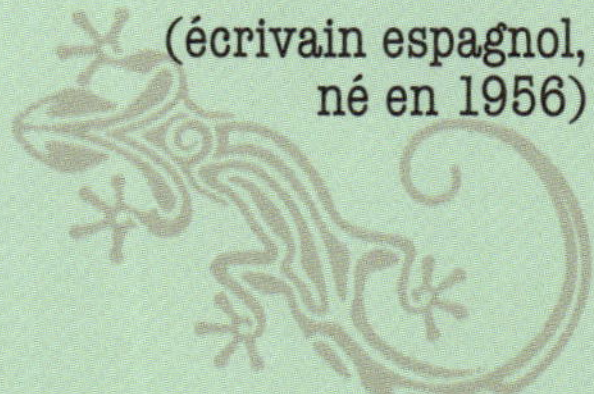

24
JUILLET

Quand aura lieu l'épreuve de confort ?

CE SERA LE JOUR QUI EST LE SEUL À AVOIR DEUX FOIS LA LETTRE QUE TOUS LES AUTRES JOURS ONT.

25
JUILLET

SOLUTION

L'épreuve de confort aura lieu vendredi.

Sauf pour la saison 1, où a lieu le dépouillement du vote du jury final qui désigne le gagnant ?

26
JUILLET

À Paris, en direct, plusieurs mois après le vote du jury final

Ultra-pratiques à transporter et à consommer, **les barres énergétiques et les fruits secs** vous apportent le petit coup de fouet nécessaire en cas d'hypoglycémie.

27
JUILLET

Deux geckos sont parfaitement identiques. Trouvez-les !

28
JUILLET

SOLUTION

« L'aventure n'existe pas. Elle est dans l'esprit de celui qui la poursuit, et dès qu'il peut la toucher du doigt, elle s'évanouit pour renaître bien plus loin, sous une autre forme, aux limites de l'imagination. »

29
JUILLET

Pierre Mac Orlan
(écrivain français,
1882-1970)

Si vous vous retrouvez pris au piège de **sables mouvants**, évitez de vous débattre (vous vous enfonceriez plus vite). Retirez votre sac à dos, allongez-vous lentement sur le dos, bras écartés, et attendez calmement les secours.

30 JUILLET

Tracez les pièces du tangram sur l'oiseau. Où est placée la pièce verte ?

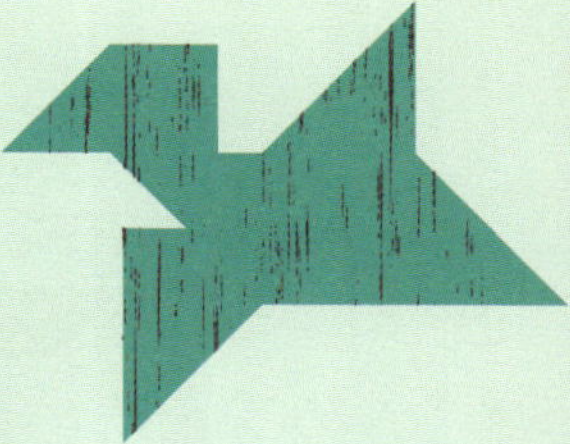

SOLUTION

Vrai ou faux ? Durant les 2 premières saisons, les candidats avaient le droit d'emporter avec eux un objet personnel.

1ER AOÛT

Vrai

En randonnée, il est très difficile de conserver les aliments frais ! Mieux vaut opter pour **des aliments déshydratés ou des plats lyophilisés**, comme les fruits séchés et les soupes en sachet.

2
AOÛT

Placez les noix de coco : chaque chiffre indique le nombre de noix autour d'un îlot vert et aucune noix ne peut se toucher.

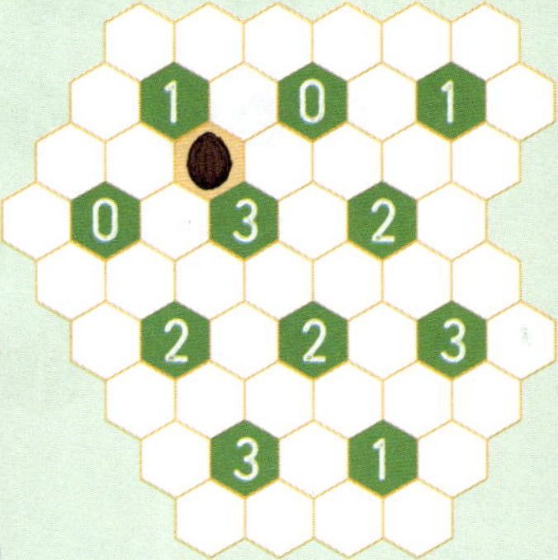

3
AOÛT

SOLUTION

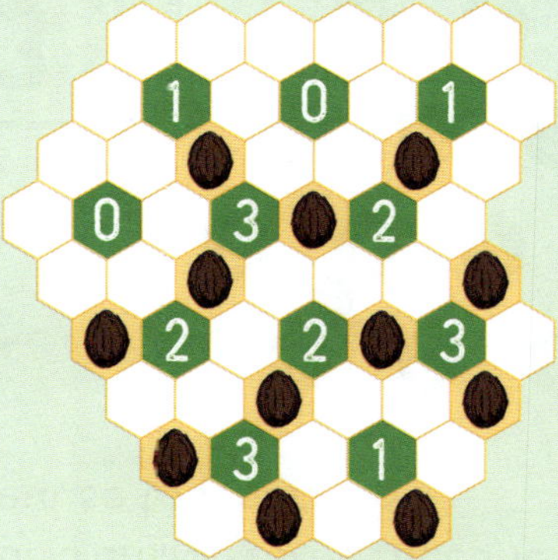

À partir de quelle aventure est apparu le vote noir dans Koh-Lanta : depuis le début, la saison 11 (2011) ou la saison 20 (2019) ?

4

AOÛT

Saison 11

« L'amitié fait deviner des choses dont on ne parle pas. »

Jean Éthier-Blais
(écrivain canadien, 1925-1995)

5
AOÛT

Observez ces masques. Combien de différences voyez-vous ?

6
AOÛT

SOLUTION

Les morsures d'**araignées** et les piqûres de **scorpions** sont rarement mortelles pour l'homme. Mais elles peuvent être très douloureuses et provoquer nausées et fièvre. Méfiez-vous également des **frelons** et des **tiques** !

7
AOÛT

Avant la réunification, quel titre a l'aventurier de chaque équipe qui peut décider de l'élimination d'un autre ?

8
AOÛT

Un ambassadeur

Tirez ces 2 flèches dans des zones de couleur différente. Aucune des 3 flèches ne doit être voisine d'une autre. Votre objectif : 34 points !

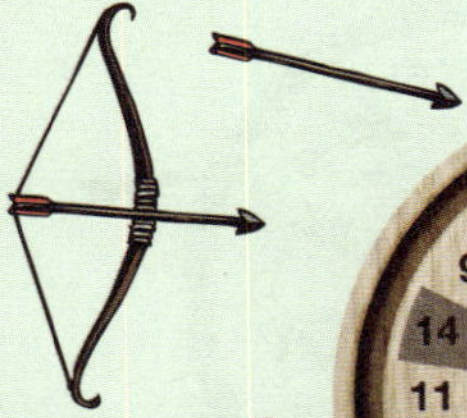

9
AOÛT

SOLUTION

À garder en tête : les gros bidons en plastique ou les barils vides font d'excellents **flotteurs pour un radeau** !

10
AOÛT

Dans la saison 17 (2017), quelle était la nouveauté concernant les équipes ?
Une troisième équipe a fait son apparition ; les couleurs des 2 équipes sont devenues le bleu et le violet ; les 2 équipes vivaient sur la même île.

11
AOÛT

Une troisième équipe a fait son apparition.

« L'aventure est partout. »

Germaine Beaumont
(écrivaine française,
1890-1983)

12
AOÛT

Fabriquez **une ligne** : accrochez des hameçons sur une ficelle, à intervalles réguliers, puis une grosse pierre. À la tombée de la nuit, jetez la pierre à l'eau et attachez l'autre bout de la ligne à un piquet planté dans la berge.

13
AOÛT

Construisez votre abri ! Dans quel ordre faut-il ramasser ces bambous sans faire bouger les autres ?

SOLUTION

Il faut ramasser dans l'ordre les bambous 11, 12, 9, 1, 4, 6, 5, 10, 3, 8, 2 et 7.

Pour **utiliser une pierre à feu**, tenez la pierre dans une main, à un angle de 45° par rapport au combustible, et frottez doucement le grattoir du haut vers le bas de la pierre, en appuyant suffisamment fort pour produire des étincelles.

15
AOÛT

Durant le conseil,
que fait le présentateur
à un candidat juste avant
qu'il quitte l'aventure ?

16
AOÛT

Il éteint son flambeau.

Dans quel ordre faut-il placer les panneaux pour pouvoir décoder le message ?

SOLUTION

Ensemble, on est plus forts !

« Voyager, c'est grandir.
C'est la grande aventure.
Celle qui laisse des traces
dans l'âme. »

Marc Thiercelin
(navigateur français,
né en 1960)

18
AOÛT

Si vous partez **pêcher sur les rochers à marée basse**, ne vous aventurez pas trop loin : quand on est concentré sur sa tâche, on en oublie le temps qui passe et on peut rapidement se retrouver piégé par la marée montante !

19
AOÛT

Suivez la direction indiquée par chaque boussole pour trouver où se cache le collier d'immunité.

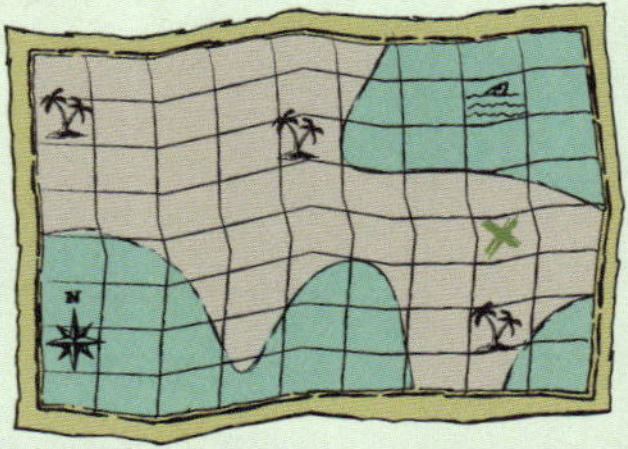

SOLUTION

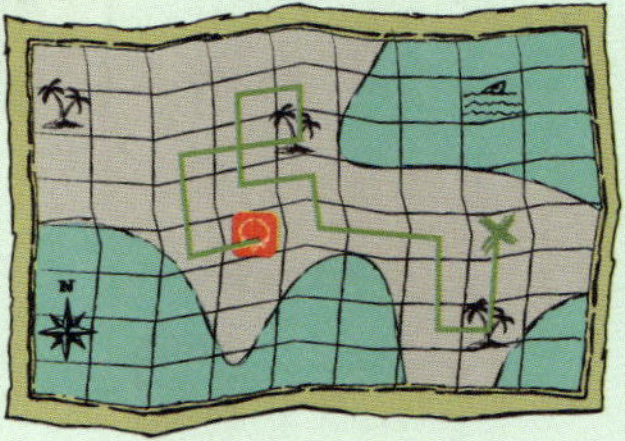

Les feuilles de palmier ou de cocotier tressées permettent de fabriquer natte, couverture, panier, paravent, chapeau ou pagne de fortune. De quoi améliorer un peu le confort sur votre camp !

21
AOÛT

Dans la saison 2018 de l'aventure, l'équipe jaune était-elle celle des candidats les plus jeunes ou celle des candidats les plus âgés ?

22 AOÛT

Celle des candidats les plus jeunes

Pour économiser l'eau potable,
buvez régulièrement
et par petites quantités.
Et pour éviter de trop suer,
ce qui accentue la déshydratation,
faites une pause aux heures
les plus chaudes de la journée !

23
AOÛT

« La vraie grandeur consiste à être maître de soi-même. »

Daniel Defoe
(écrivain britannique, 1660-1731)

24
AOÛT

Quand aura lieu l'épreuve d'immunité ?

CE NE SERA NI
LA VEILLE DE LUNDI OU
DE JEUDI, NI LA VEILLE
NI LE LENDEMAIN
DE MERCREDI,
OU DU WEEK-END.

25
AOÛT

SOLUTION

L'épreuve d'immunité aura lieu samedi.

Quel évènement naturel a retardé le tournage de la saison 2010 de Koh-Lanta : un nuage de cendres volcaniques en Islande, un tremblement de terre au Viêtnam ou un typhon dans le Pacifique ?

26
AOÛT

Un nuage de cendres
volcaniques en Islande

À défaut de boussole, posez une feuille à la surface d'un récipient rempli d'eau. Frottez une aiguille à couture sur vos cheveux pour la magnétiser et couchez-la sur la feuille : celle-ci va tourner et indiquer le nord.

27
AOÛT

Deux tortues sont parfaitement identiques. Trouvez-les !

28
AOÛT

SOLUTION

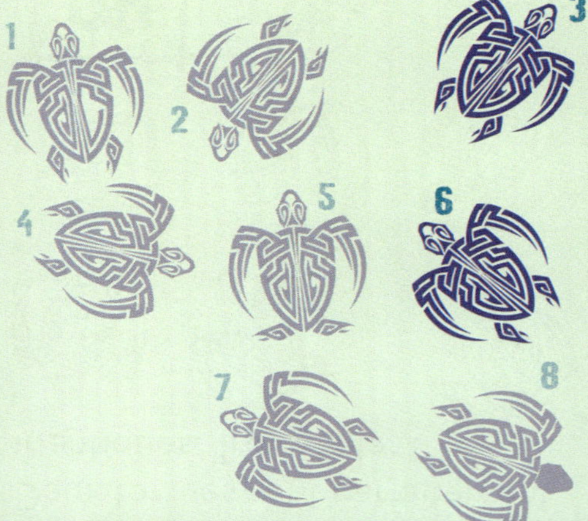

Vrai ou faux ? C'était la seconde fois dans l'édition spéciale de 2020 qu'anciens et nouveaux candidats participaient à une même aventure.

29
AOÛT

Faux, c'était la première fois.

Pour vous **protéger de la foudre** en pleine nature durant un orage, tenez-vous accroupi à l'écart des arbres et des parois rocheuses, à un endroit aussi sec que possible, genoux repliés et pieds joints.

30
AOÛT

Déplacez 6 torches pour que l'étoile de mer forme 6 losanges.

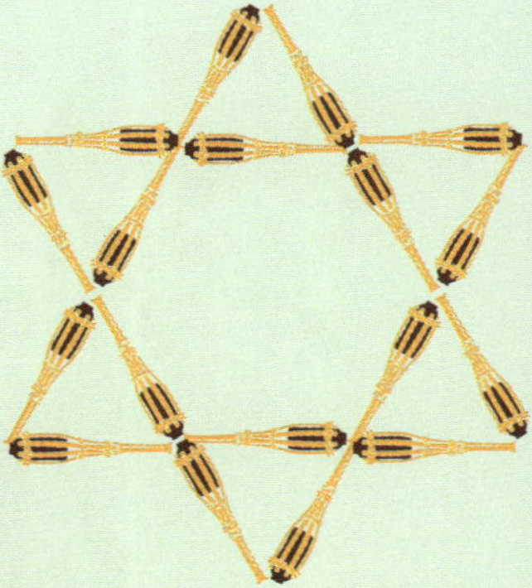

SOLUTION

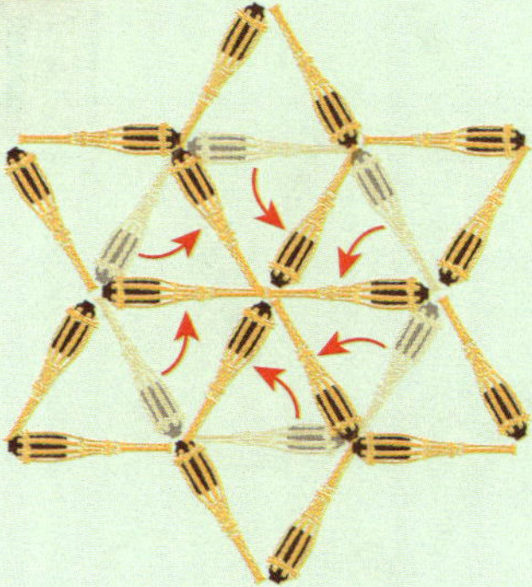

Avant la réunification, lors d'une victoire en équipe, à qui le présentateur donne-t-il le totem : à l'ambassadeur, au doyen ou à l'aventurier qui a permis la victoire ?

1ER SEPTEMBRE

À l'aventurier qui a permis la victoire

Le sel contenu dans l'eau de mer conjugué aux effets du soleil assèche la peau et les cheveux. Si vous avez la chance d'avoir un cours d'eau près de votre campement, **rincez-vous régulièrement à l'eau douce**.

2 SEPTEMBRE

Placez les noix de coco : chaque chiffre indique le nombre de noix autour d'un îlot vert et aucune noix ne peut se toucher.

3
SEPTEMBRE

SOLUTION

Vrai ou faux ? Les candidats de l'édition spéciale « Le Combat des héros » (2018) ne disposaient pas à leur arrivée de riz ni de matériel pour le feu.

4

SEPTEMBRE

Vrai

Ouvrez l'œil et trouvez les 4 différences entre ces totems.

5

SEPTEMBRE

SOLUTION

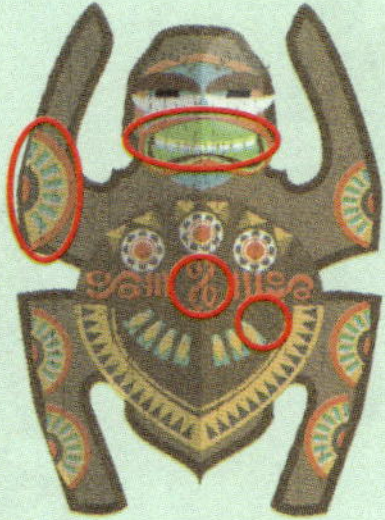

« Je l'avouerai, j'aime toute aventure. »

Voltaire
(écrivain français,
1694-1778)

6
SEPTEMBRE

Huîtres et bigorneaux sont une excellente source de vitamines et de minéraux, mais ils craignent la chaleur. Dégustez-les rapidement après les avoir ramassés !

7 SEPTEMBRE

Tirez ces 2 flèches dans des zones de couleur différente. Aucune des 3 flèches ne doit être voisine d'une autre. Votre objectif : 27 points !

SOLUTION

Laquelle de ces épreuves n'existe pas à Koh-Lanta : la boue, l'ouverture de noix de coco, la dégustation d'insectes ou l'épreuve des sacs ?

9 SEPTEMBRE

L'ouverture de noix de coco

En région tropicale, en cas de pluies diluviennes ou de grandes marées, votre couchage peut vite se retrouver dans l'eau ! Entassez une épaisse couche de terre ou de sable sec à l'intérieur de votre cabane **pour surélever votre couchage**.

10 SEPTEMBRE

Construisez votre abri ! Dans quel ordre faut-il ramasser ces bambous sans faire bouger les autres ?

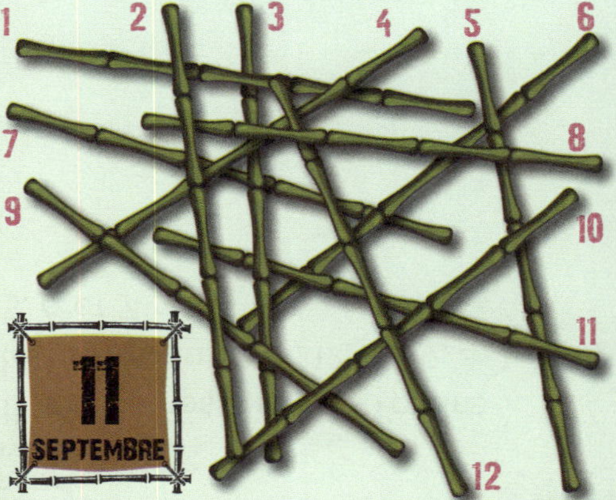

SOLUTION

Il faut ramasser dans l'ordre les bambous 2, 8, 12, 10, 9, 4, 1, 3, 11, 5, 6 et 7.

« Le bonheur n'est pas une destination à atteindre mais une façon de voyager. »

Margaret Lee Runbeck
(écrivaine américaine,
1905-1956)

12
SEPTEMBRE

Ne paniquez pas si vous êtes perdu. Faites une pause et regardez autour de vous. Une des solutions **pour se repérer** est de suivre les cours d'eau, si vous avez la chance d'en croiser : ils passeront probablement à proximité d'habitations.

13
SEPTEMBRE

Dans quel ordre faut-il placer les panneaux pour pouvoir décoder le message ?

14 SEPTEMBRE

SOLUTION

Fais une alliance avec nous !

Certains insectes, comme le criquet ou le ver de cocotier, sont comestibles. Pour surmonter l'éventuel dégoût qu'ils peuvent vous inspirer, dégustez-les grillés. Bon appétit !

15 SEPTEMBRE

Vrai ou faux ? L'édition 2020 de Koh-Lanta est celle ayant accueilli le plus petit nombre de candidats.

16 SEPTEMBRE

Faux, c'est l'édition avec le plus grand nombre de candidats, toutes saisons confondues (24 candidats).

Suivez la direction indiquée par chaque boussole pour trouver où se cache le collier d'immunité.

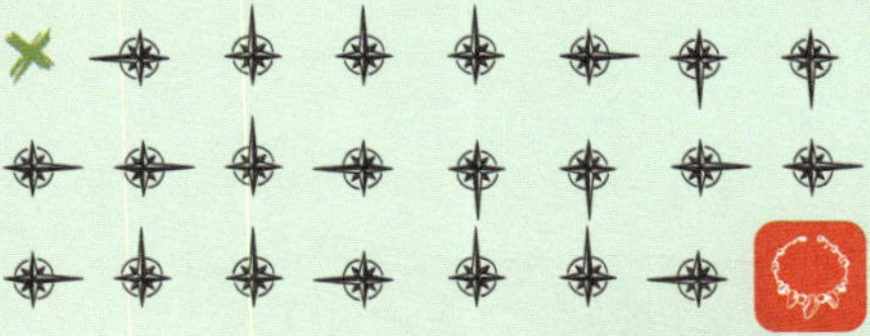

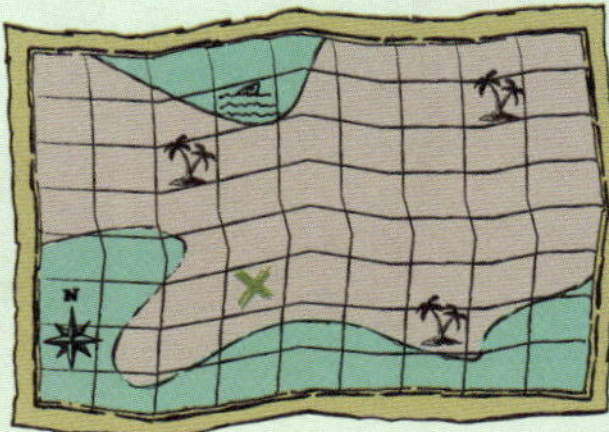

17
SEPTEMBRE

SOLUTION

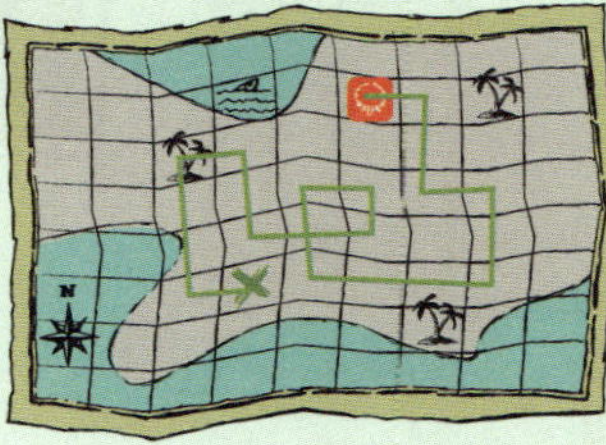

« Qu'est-ce que le courage ? Sinon garder devant le danger une âme sereine et un esprit libre. »

Paul Cazin
(écrivain français,
1881-1963)

18
SEPTEMBRE

Un requin attaque rarement ! Si tel était le cas, appelez au secours et frappez avec vos poings ses points sensibles tels que les yeux, les branchies ou le museau pour l'aveugler, le paralyser temporairement ou bloquer sa respiration.

19 SEPTEMBRE

Quand aura lieu le prochain conseil ?

CE SERA LE LENDEMAIN
D'UN JOUR QUI N'A
PAS UN NOMBRE DE
LETTRES PAIR ET QUI
A AUTANT DE LETTRES
QUE LA VEILLE.

20
SEPTEMBRE

SOLUTION

Le prochain conseil aura lieu mardi.

Astuce orientation : le Soleil se lève à l'est et se couche à l'ouest dans l'hémisphère Nord comme dans l'hémisphère Sud.
En revanche, il est vers le sud à midi quand on est dans l'hémisphère Nord alors qu'à la même heure, il est vers le nord dans l'hémisphère Sud.

21
SEPTEMBRE

Combien de candidatures à Koh-Lanta sont reçues en moyenne chaque année : 10 000, 20 000 ou 25 000 candidatures ?

22
SEPTEMBRE

25 000 candidatures

Deux scorpions sont parfaitement identiques. Trouvez-les !

23 SEPTEMBRE

SOLUTION

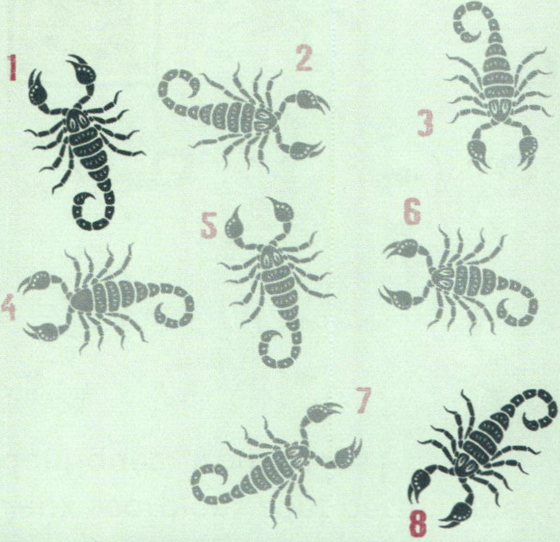

Aussi surprenant que cela peut sembler, mieux vaut **allumer un feu de camp par le haut**. Les flammes étant ainsi mieux oxygénées, le feu dégagera moins de fumée.

24 SEPTEMBRE

«Ce que j'aime du voyage,
c'est l'étonnement du retour.»

Stendhal
(écrivain français,
1783-1842)

25
SEPTEMBRE

Tracez les pièces du tangram sur l'étoile de mer. Où est placée la pièce verte ?

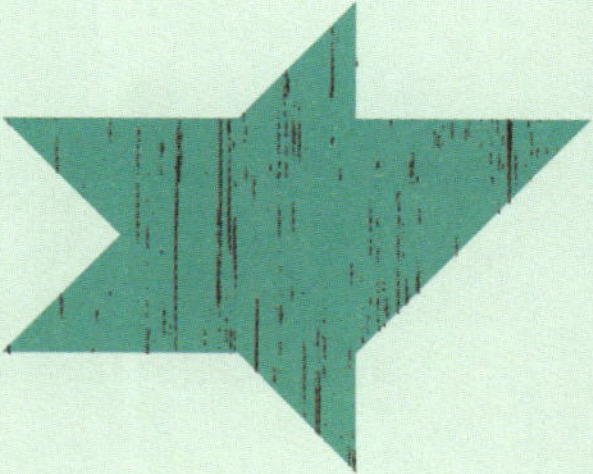

26
SEPTEMBRE

SOLUTION

Quand **la Lune** est en croissant, tracez une ligne imaginaire allant de ses 2 pointes à l'horizon.
Le point de rencontre indique approximativement le sud dans l'hémisphère Nord (et le nord dans l'hémisphère Sud).

27
SEPTEMBRE

Vrai ou faux ? La dernière épreuve éliminatoire de la première saison consistait à garder le plus longtemps possible la main posée sur un totem géant.

28
SEPTEMBRE

Vrai (le vainqueur a tenu plus de 9h30.)

« Si tu crois que l'aventure est dangereuse, essaie la routine, elle est mortelle ! »

Paulo Coelho
(écrivain brésilien, né en 1947)

29 SEPTEMBRE

Placez les noix de coco : chaque chiffre indique le nombre de noix autour d'un îlot vert et aucune noix ne peut se toucher.

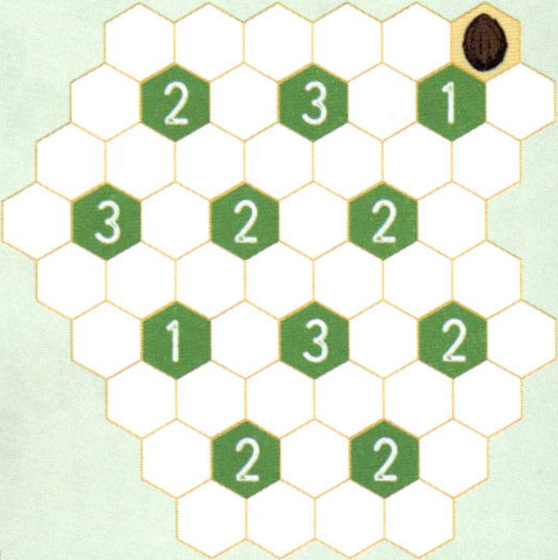

30
SEPTEMBRE

SOLUTION

Si vous assistez à **un départ de feu**, prévenez aussitôt les pompiers et mettez-vous en lieu sûr : rejoignez un cours d'eau, une clairière ou la route.

1ER
OCTOBRE

En cas d'égalité au conseil final, quel est le gain pour chacun des 2 vainqueurs ?

2
OCTOBRE

Ils se partagent le gain final de 100 000 €.

Pour **fabriquer une corde de fortune**, tressez 3 lianes entre elles, comme vous le feriez avec des cheveux. Puis faites un nœud aux 2 extrémités pour bloquer le tout.

3
OCTOBRE

Observez ces masques. Combien de différences voyez-vous ?

4

OCTOBRE

SOLUTION

«Il n’y a pas de liberté
sans risque, sans ignorance,
sans aventure.»

Jacques Attali
(écrivain français,
né en 1943)

5
OCTOBRE

Pour apporter un peu de confort sur votre camp, fabriquez **une table et des bancs**. Formez 3 plateaux avec de grosses branches bien droites ficelées entre elles et fixez-les sur 4 pieds fichés dans le sol.

6
OCTOBRE

Tirez ces 2 flèches dans des zones de couleur différente. Aucune des 3 flèches ne doit être voisine d'une autre. Votre objectif : 36 points !

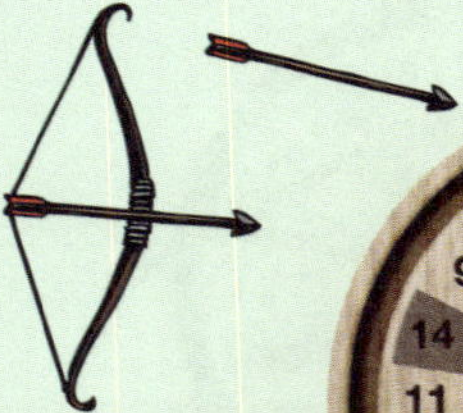

SOLUTION

Quelle nouvelle règle est apparue dans la saison 12 (2012) de Koh-Lanta : la règle des destins liés, la règle du vote noir ou la règle du collier d'immunité ?

8
OCTOBRE

La règle des destins liés

Fabriquez **un piège à pluie** : creusez un trou, placez-y un récipient et des branchages mouillés, couvrez d'une bâche et lestez le centre avec une pierre. En journée, de la condensation va se former sous la bâche et couler dans le récipient.

9

OCTOBRE

Construisez votre abri ! Dans quel ordre faut-il ramasser ces bambous sans faire bouger les autres ?

SOLUTION

Il faut ramasser dans l'ordre les bambous 8, 12, 7, 10, 6, 1, 4, 2, 5, 9, 11 et 3.

11 OCTOBRE

Vrai ou faux ? Le vainqueur de l'aventure 2019 était la femme doyenne des candidates.

Vrai (elle avait alors 50 ans.)

« Le plus beau voyage, c'est celui qu'on n'a pas encore fait. »

Loïck Peyron
(navigateur français,
né en 1959)

12
OCTOBRE

Pour **transporter des braises** incandescentes, déposez-les dans une boîte de conserve, sur un lit de terre ou de sable sec. Entourez-les de terre ou de sable, mais ne les recouvrez pas entièrement, vous les étoufferiez.

13
OCTOBRE

Dans quel ordre faut-il placer les panneaux pour pouvoir décoder le message ?

SOLUTION

Elle a le collier d'immunité !

En cas de fortes ou longues averses, **votre feu risque de s'éteindre** ! Protégez-le avec un toit de feuilles de palme monté sur 4 poteaux suffisamment hauts pour que celles-ci ne risquent pas de s'enflammer.

15
OCTOBRE

Dans l'édition spéciale « Le Choc des héros » (2010), comment sont arrivés sur l'île les candidats sportifs de haut niveau : en parachute, en hydravion ou en ski nautique ?

16
OCTOBRE

En parachute

Suivez la direction indiquée par chaque boussole pour trouver où se cache le collier d'immunité.

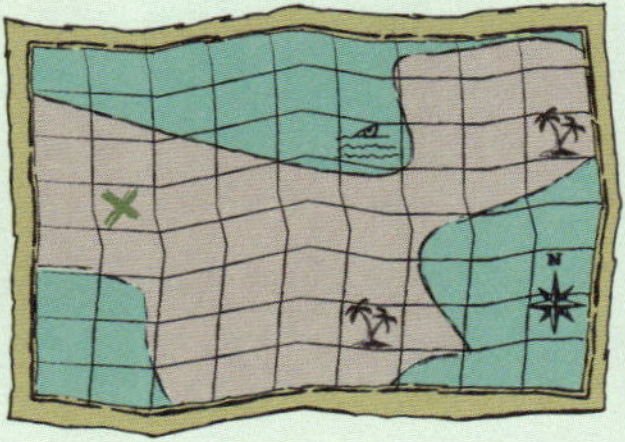

17
OCTOBRE

SOLUTION

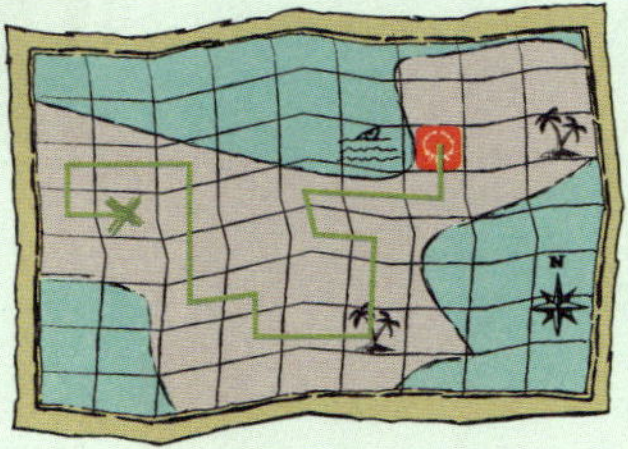

« Ce n'est que dans l'aventure que certaines personnes réussissent à se connaître – à se retrouver. »

André Gide
(écrivain français,
1869-1951)

18
OCTOBRE

Pour **ouvrir une noix de coco** en deux, saisissez-la d'une main (partie bombée dans le creux de votre paume), puis frappez-la à l'opposé, d'un coup sec et bien au milieu, avec le côté non tranchant de la lame d'une machette.

19 OCTOBRE

Quand aura lieu la course d'orientation ?

CE SERA LE JOUR
QUI EST LE LENDEMAIN
DU JOUR QUI SUIT
LA VEILLE DU JOUR
DE SIX LETTRES.

20
OCTOBRE

SOLUTION

La course d'orientation aura lieu dimanche.

Vos vivres sont limités ? Faites un inventaire précis des denrées dont vous disposez et répartissez-les en rations quotidiennes afin de les gérer au mieux et de ne pas vous retrouver dépourvu.

21
OCTOBRE

Quel changement est apparu durant la saison 11 : la ration de riz n'était plus fournie au départ, une troisième équipe a été intégrée ou les équipes n'étaient plus mixtes ?

22 OCTOBRE

La ration de riz n'était plus fournie au départ (cela a été à nouveau le cas à partir de la saison 15).

La mousse pousse de préférence à l'ombre, donc sur le côté des troncs d'arbres orientés au nord. En forêt humide, les troncs sont souvent entièrement recouverts de mousse : repérez l'endroit où elle est la plus dense.

23
OCTOBRE

« Tout être qui a vécu l'aventure humaine est moi. »

Marguerite Yourcenar
(écrivaine française,
1903-1987)

24
OCTOBRE

Deux geckos sont parfaitement identiques. Trouvez-les !

25
OCTOBRE

SOLUTION

Vrai ou faux ? La première aventure de Koh-Lanta est celle qui a duré le moins longtemps.

26
OCTOBRE

Faux, c'est la plus longue : 43 jours.

Si vous êtes pris de légers **vertiges**, allongez-vous, mangez un sucre, buvez une gorgée d'eau et surélevez vos jambes à l'aide d'un vêtement roulé en boule. Restez dans cette position le temps que le malaise passe.

27
OCTOBRE

Déplacez 2 torches pour que l'animal regarde vers la droite.

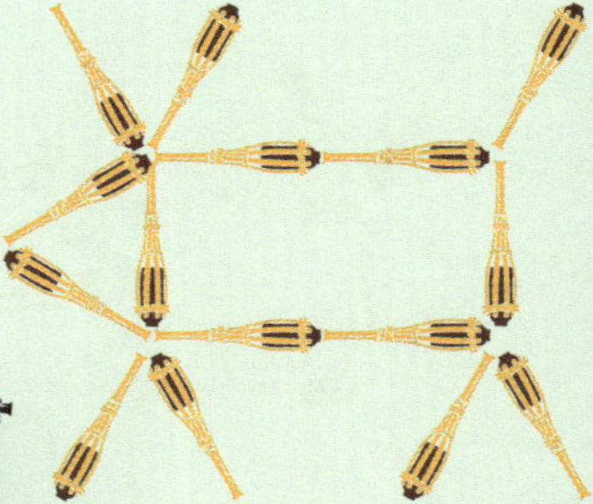

SOLUTION

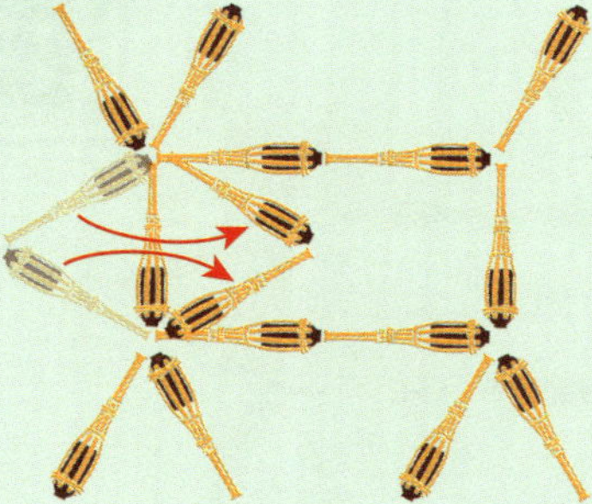

Le sable est idéal pour récurer la vaisselle ou laver le linge. Il fait également un excellent peeling pour la peau !

Où a été tournée l'édition spéciale 2020 : aux îles Fidji, en Thaïlande ou en Malaisie ?

30
OCTOBRE

Aux îles Fidji

Placez les noix de coco : chaque chiffre indique le nombre de noix autour d'un îlot vert et aucune noix ne peut se toucher.

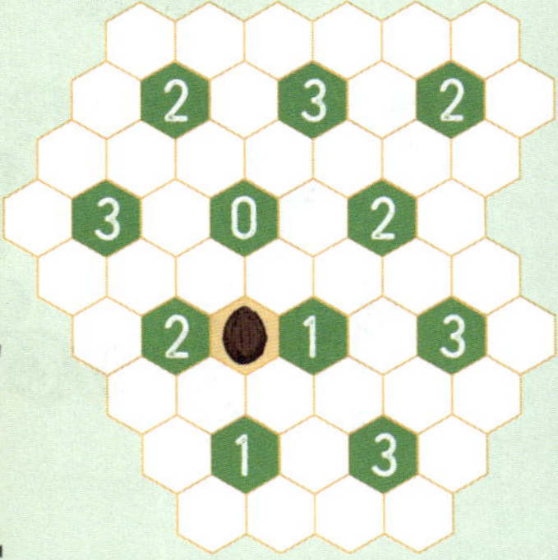

31
OCTOBRE

SOLUTION

Qu'est-ce que la dernière épreuve de confort peut offrir au vainqueur : une journée hors du camps avec des proches ou un autre candidat, une place garantie en finale ou des chaussures pour l'épreuve des poteaux ?

1ER NOVEMBRE

Une journée hors du camps avec des proches ou un autre candidat

« Un bon voyageur n'a
ni plans établis ni destination. »

Lao Tseu
(sage chinois,
VIe s.-Ve s. av. J.-C.)

2
NOVEMBRE

Ouvrez l'œil et trouvez
les 4 différences entre ces masques.

3
NOVEMBRE

SOLUTION

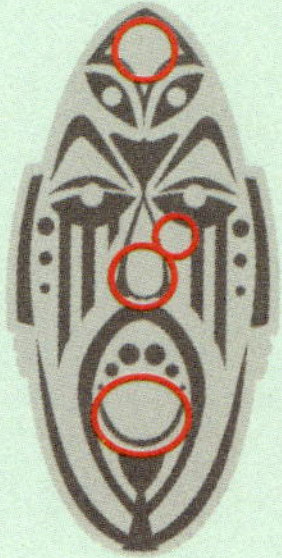

Pour éviter tout risque de partager ses microbes, **à chacun sa gourde** ! Et si vous n'en avez qu'une seule, buvez tous sans toucher le goulot avec vos lèvres.

4 NOVEMBRE

Durant la saison 5 (2005) de Koh-Lanta, comment étaient réparties les 2 tribus : les moins de 31 ans et les plus de 31 ans, les hommes et les femmes ou par région d'origine ?

5
NOVEMBRE

Les moins de 31 ans
et les plus de 31 ans

Tirez ces 2 flèches dans des zones de couleur différente. Aucune des 3 flèches ne doit être voisine d'une autre. Votre objectif : 40 points !

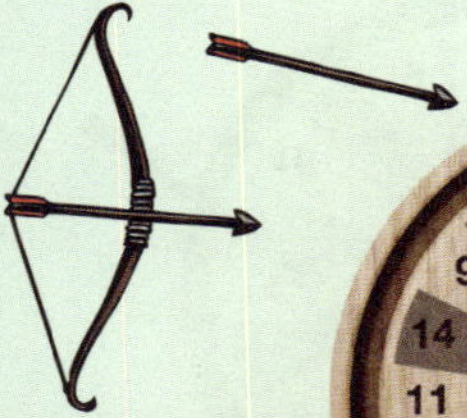

6

NOVEMBRE

SOLUTION

Pour **se déplacer dans une mangrove**, mieux vaut attendre la marée haute pour nager. À marée basse, le risque est de s'enliser rapidement dans une épaisse couche de vase !

7 NOVEMBRE

Vrai ou faux ? Même si 70 à 80 personnes travaillent dans les coulisses de l'émission, seules 3 équipes de tournage (15 personnes) ont accès aux campements.

8
NOVEMBRE

Vrai

Construisez votre abri ! Dans quel ordre faut-il ramasser ces bambous sans faire bouger les autres ?

SOLUTION

Il faut ramasser dans l'ordre les bambous 10, 9, 4, 11, 5, 8, 2, 3, 7, 12, 6 et 1.

En cas de douleurs persistantes, de forte fièvre ou de perte de connaissance, **appelez les secours** !

10 NOVEMBRE

Où les candidats de l'édition 2015 ont-ils été débarqués : dans un village abandonné, sur la plage ou dans la forêt équatoriale ?

11 NOVEMBRE

Dans un village abandonné

« Me voici
Là où le bleu de la mer
Est sans limite. »

Santoka Taneda
(poète japonais,
1882-1940)

12
NOVEMBRE

À garder en tête : **un hamac** accroché entre 2 arbres permet de dormir isolé de l'humidité du sol et des petites bêtes qui s'y déplacent même la nuit.

13
NOVEMBRE

Dans quel ordre faut-il placer les panneaux pour pouvoir décoder le message ?

14 NOVEMBRE

SOLUTION

Ne perdons pas l'équilibre !

En cas d'hypothermie (suite à une chute dans l'eau glacée, par exemple), changez de vêtements s'ils sont humides, couvrez-vous bien, bougez pour faire circuler le sang et avalez une boisson chaude très sucrée.

15 NOVEMBRE

Toutes saisons confondues (sans compter les finales), combien y a-t-il eu de cas d'égalités au conseil : 8, 13 ou 23 ?

16 NOVEMBRE

13. Tout le monde doit alors revoter contre l'un des candidats à égalité.

Suivez la direction indiquée par chaque boussole pour trouver où se cache le collier d'immunité.

17
NOVEMBRE

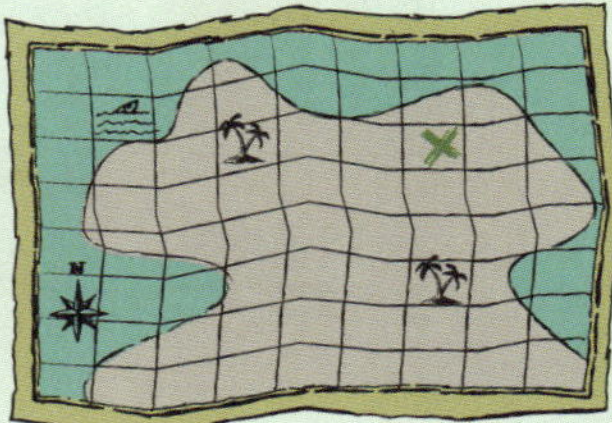

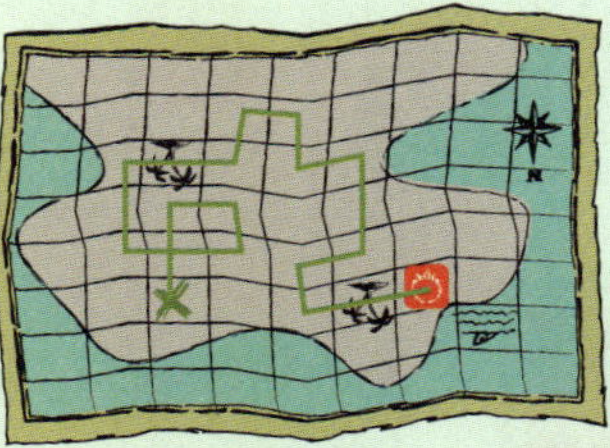

SOLUTION

«Celui qui recherche l'aventure la rencontrera, à la mesure de son courage.»

Dag Hammarskjöld
(diplomate suédois et prix Nobel de la paix, 1905-1961)

18
NOVEMBRE

Si vous dormez à la belle étoile, ne vous installez **pas à proximité immédiate d'un cours d'eau**. En cas de pluie, l'eau pourrait monter et vous surprendre. De la même manière, évitez de vous mettre en contrebas d'une pente.

19 NOVEMBRE

Dans l'édition spéciale de 2018, comment s'appelait la troisième île qui permettait aux aventuriers éliminés de continuer l'aventure grâce à des duels : l'île de l'exil, l'île des duels ou l'île de la dernière chance ?

20 NOVEMBRE

L'île de l'exil

Les tubercules (**pomme de terre, manioc, igname, taro...**) doivent toujours être consommés cuits, sous peine de provoquer de graves troubles gastro-intestinaux, voire une intoxication.

21
NOVEMBRE

Quand aura lieu l'épreuve des poteaux ?

CE SERA UN JOUR QUI N'A QUE DEUX SYLLABES ET QUI EST LA VEILLE MAIS AUSSI LE LENDEMAIN D'UN JOUR À TROIS SYLLABES.

22 NOVEMBRE

SOLUTION

L’épreuve des poteaux aura lieu jeudi.

Emporter en exploration **une grande toile étanche** (parfois appelée « tarp ») peut se révéler très utile ! Elle servira à vous isoler du sol, à étanchéifier le toit de votre cabane, à fabriquer un paravent, voire un abri provisoire.

23
NOVEMBRE

« Le vrai courage ne se laisse jamais abattre. »

Fénelon
(écrivain français, 1651-1715)

24
NOVEMBRE

Deux raies sont parfaitement identiques. Trouvez-les !

25
NOVEMBRE

SOLUTION

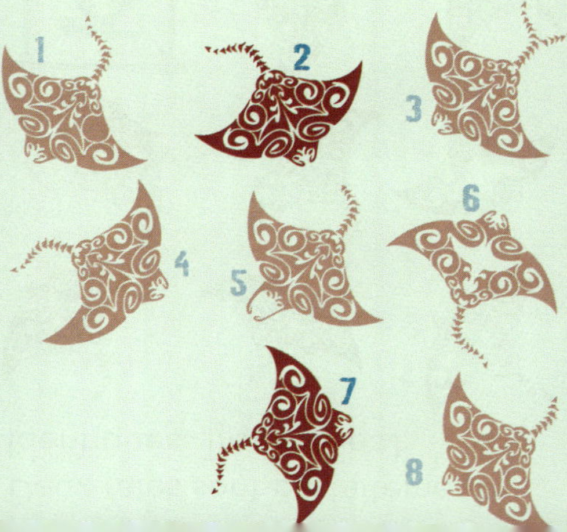

Pour **soulager une entorse**, posez une compresse d'eau froide dessus pour réduire le gonflement, surélevez le membre blessé, puis bandez de l'entorse vers l'articulation supérieure, sans trop serrer.

26
NOVEMBRE

Comment se déroule le vote
des candidats lors du conseil :
à bulletin secret, à main levée
ou sur un panneau visible de tous ?

27
NOVEMBRE

À bulletin secret

Tracez les pièces du tangram sur le poisson. Où est placée la pièce verte ?

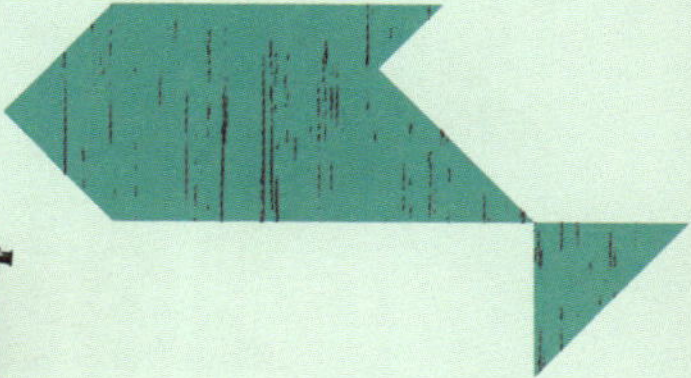

28

NOVEMBRE

SOLUTION

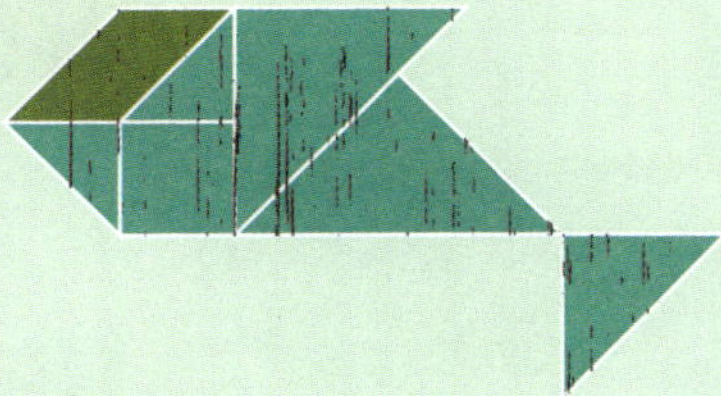

Utilisez des bâches, des feuilles de palme ou tout autre matériau à votre disposition pour fermer les côtés de votre abri afin de **limiter au maximum les courants d'air**.

29

NOVEMBRE

Comment étaient composées les équipes de l'aventure Koh-Lanta diffusée fin 2020 : selon leur région d'origine, par tirage au sort ou par les doyens qui choisissaient leurs coéquipiers ?

30 NOVEMBRE

Selon leur région d'origine (sud, nord, est et ouest)

Placez les noix de coco : chaque chiffre indique le nombre de noix autour d'un îlot vert et aucune noix ne peut se toucher.

1ER DÉCEMBRE

SOLUTION

Pour **traverser un cours d'eau**, avancez en diagonale, face au courant. Prenez appui sur un gros bâton pour évaluer la profondeur et la force du courant, mais aussi détecter les obstacles immergés et vous aider à garder l'équilibre.

2

DÉCEMBRE

Ouvrez l'œil et trouvez
les 4 différences entre ces totems.

3
DÉCEMBRE

SOLUTION

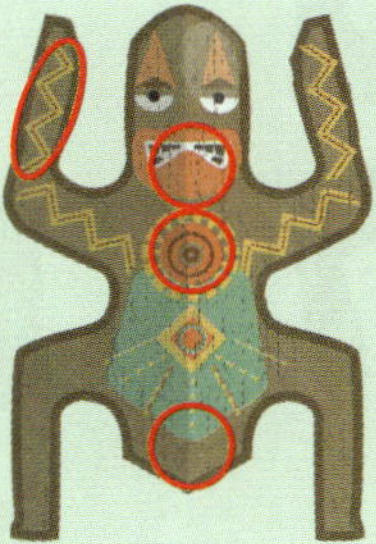

Quel objet de la 16e saison permettait à un aventurier, s'il le trouvait, d'accéder automatiquement à la finale ?

4

DÉCEMBRE

L'anneau d'or

« N'ayez jamais peur de la vie,
n'ayez jamais peur de l'aventure,
faites confiance au hasard,
à la chance, à la destinée. »

Henry de Monfreid
(écrivain français,
1879-1974)

5
DÉCEMBRE

Tirez ces 2 flèches dans des zones de couleur différente. Aucune des 3 flèches ne doit être voisine d'une autre. Votre objectif : 22 points !

SOLUTION

Installer son campement près d'**un abri naturel sous roche** est une option de repli fort utile par temps de pluie. S'il est assez grand et ouvert pour pouvoir y faire du feu et vous y allonger, encore mieux !

7

DÉCEMBRE

À qui le vainqueur de l'édition 2015 a-t-il fait don de ses 100 000 € : à son grand-père, à une association ou à la recherche scientifique ?

8
DÉCEMBRE

À une association

Construisez votre abri ! Dans quel ordre faut-il ramasser ces bambous sans faire bouger les autres ?

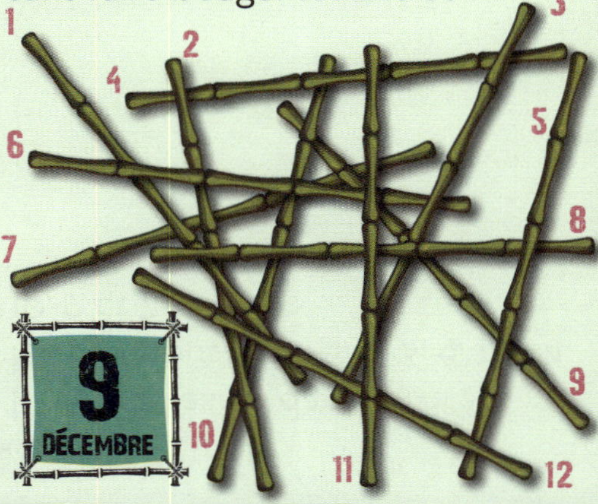

SOLUTION

Il faut ramasser dans l'ordre les bambous 11, 12, 5, 8, 3, 6, 1, 2, 4, 10, 9 et 7.

Parmi les solutions **pour purifier l'eau**, utilisez si besoin **les pastilles chimiques**, disponibles en pharmacie ou dans les magasins de sport. Elles agissent en 30 minutes à 2 h et neutralisent 99 % des bactéries et des virus.

10 DÉCEMBRE

Quelle a été la vitesse d'allumage du feu la plus rapide : 30 secondes, 1 minute ou 2 minutes ?

11 DÉCEMBRE

2 minutes (en 2015)

« Homme libre, toujours tu chériras la mer ! »

Charles Baudelaire
(poète français,
1821-1867)

12
DÉCEMBRE

Pour **tromper la faim**, faites une soupe : de l'eau, quelques crustacés frais et des cubes de manioc ou de pommes de terre suffisent pour confectionner un vrai repas, idéal pour se réchauffer comme se remplir le ventre.

13
DÉCEMBRE

Dans quel ordre faut-il placer les panneaux pour pouvoir décoder le message ?

SOLUTION

Le gagnant sera élu par vous !

Face dorée vers l'extérieur, **une couverture de survie** permet de se réchauffer. Face argentée vers l'extérieur, elle sert à lutter contre un coup de chaud. Ne l'utilisez pas en cas d'orage ou à proximité d'un feu.

15
DÉCEMBRE

Vrai ou faux ? Le candidat qui termine second reçoit 20 000 €.

16 DÉCEMBRE

Faux : jusqu'en 2016, le second remportait 10 000 €. Depuis, seul le gagnant est récompensé.

Suivez la direction indiquée par chaque boussole pour trouver où se cache le collier d'immunité.

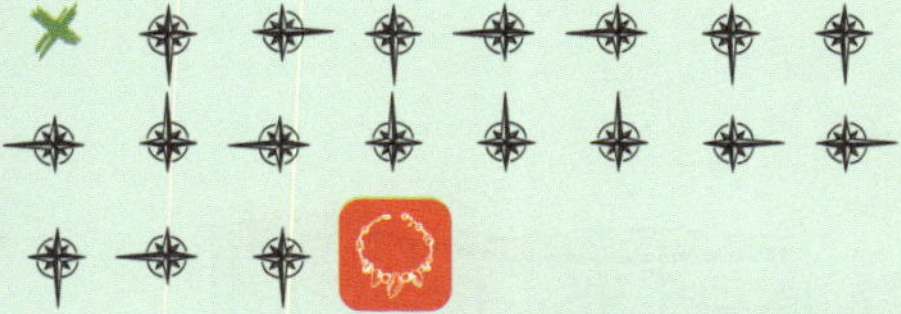

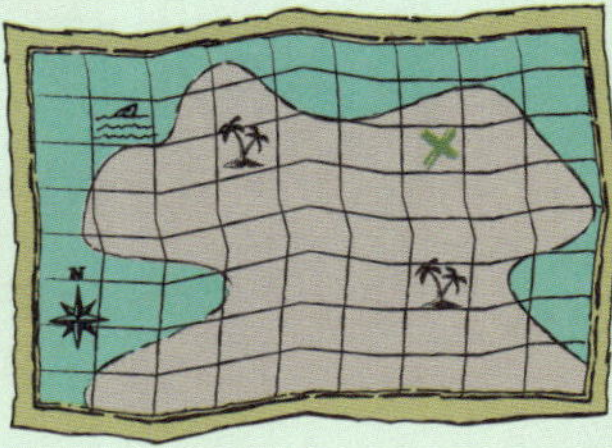

17

DÉCEMBRE

SOLUTION

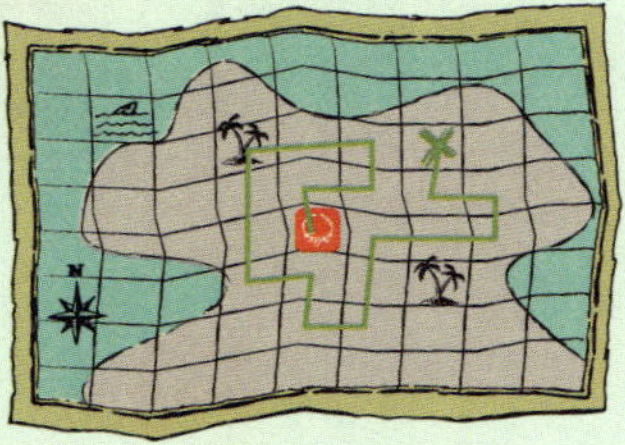

À défaut de pics à brochettes, utilisez des branches de bois vert taillées en pointe d'environ 1 cm de diamètre et 50 cm de long. Embrochez-y gibier ou poissons (après les avoir vidés) et faites-les cuire sur la braise en les retournant souvent.

18
DÉCEMBRE

Laquelle de ces épreuves a été introduite lors de la saison 2017 (2017) : un labyrinthe sur l'eau, un puzzle sous l'eau ou du jonglage sur poteaux ?

19
DÉCEMBRE

Un labyrinthe sur l'eau

En cas de **morsure par un serpent venimeux**, allongez-vous pour limiter la diffusion du venin dans le sang et appelez aussitôt les secours pour que l'on vous administre le sérum adéquat.

20 DÉCEMBRE

Quand aura lieu la finale ?

CE SERA LE JOUR QUI EST LA VEILLE DU LENDEMAIN DU JOUR QUI SUIT CELUI QUI PRÉCÈDE MERCREDI.

21 DÉCEMBRE

SOLUTION

La finale aura lieu mercredi.

« Le rôle d'un ami, c'est de se trouver à votre côté quand vous êtes dans l'erreur puisque tout le monde sera à côté de vous quand vous aurez raison. »

Mark Twain
(écrivain américain,
1835-1910)

22
DÉCEMBRE

Pour éviter les nœuds indémêlables dans **votre corde**, enroulez-la en écheveau. Faites des 8 entre votre pouce et votre auriculaire, puis bloquez le tout avec plusieurs tours de corde et glissez l'extrémité sous les tours.

23
DÉCEMBRE

Deux pieuvres sont parfaitement identiques. Trouvez-les !

24 DÉCEMBRE

SOLUTION

Dans l'édition spéciale de 2020, où se sont installés les 5 anciens candidats les premiers jours de l'aventure : sur l'île de confort, sur l'île des héros ou sur l'île des anciens ?

25 DÉCEMBRE

Sur l'île des héros

Si vous êtes **perdu en pleine nature**, essayez de prendre régulièrement de la hauteur (grimper à un arbre ou sur un rocher) pour vous repérer plus facilement dans le paysage qui vous entoure.

26
DÉCEMBRE

Déplacez 5 torches pour que ce serpent forme 2 carrés.

SOLUTION

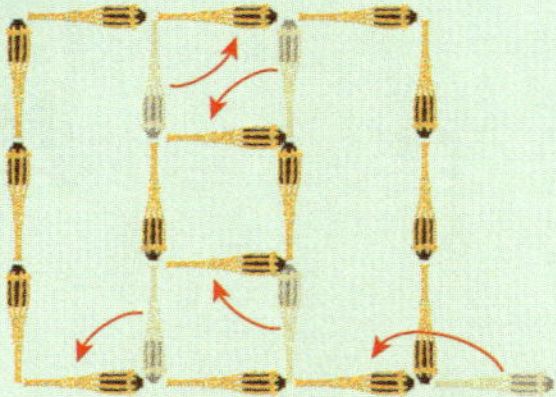

ou

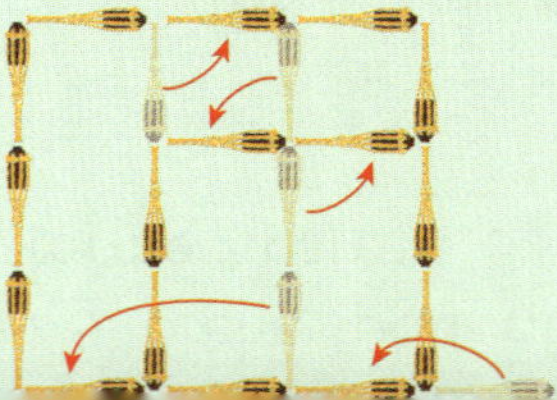

Vrai ou faux ? Depuis la première émission de Koh-Lanta en août 2001 jusqu'à la finale de décembre 2020, il y a eu 250 émissions.

28
DÉCEMBRE

Faux : 318 émissions

Si vous observez dans le ciel, à moyenne altitude, de **gros nuages gris et sombres**, protégez votre feu. Ils sont en effet annonciateurs de fortes pluies persistantes qui pourraient bien l'éteindre.

29
DÉCEMBRE

Placez les noix de coco : chaque chiffre indique le nombre de noix autour d'un îlot vert et aucune noix ne peut se toucher.

30 DÉCEMBRE

SOLUTION

« Seuls, nous pouvons faire si peu ; ensemble, nous pouvons faire beaucoup. »

Helen Keller
(auteure américaine,
1880-1968)

31
DÉCEMBRE

Notes personnelles

Notes personnelles

Notes personnelles

Nous tenons à remercier pour leur contribution à cet ouvrage :

Loïc Audrain, Clotilde Bouthors, Jean-Louis Broust, Alice Dauphin, Elisabeth Gildé, Capucine Jahan, Sandra Lebrun, Charlotte Malézieux, Karine Marigliano, Julie Orillon, Marjorie Seger, Emmanuelle Serrero-Després et Nathalie Tran.

Anoï pour la maquette.

Crédits photographiques pour la couverture :
ustas7777777/Shutterstock

14 bis, rue des Minimes - 75003 Paris
www.playbac.fr

ISBN : 978-2-8096-7654-9
Diffusion Hatier. Code : 5932575
Dépôt légal : août 2021
Imprimé en Chine

RETROUVEZ DANS LA MÊME COLLECTION

RETROUVEZ DANS LA MÊME COLLECTION

RETROUVEZ DANS LA MÊME COLLECTION

RETROUVEZ DANS LA MÊME COLLECTION

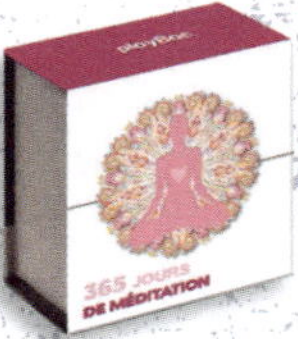

RETROUVEZ DANS LA MÊME COLLECTION

ET 7 NOUVEAUTÉS